培育语文核心素养

◆

经典阅读文库

闻一多经典作品集

闻一多 著

河北出版传媒集团

花山文艺出版社

图书在版编目(CIP)数据

闻一多经典作品集/闻一多著.—石家庄：花山文艺出版社，2018.4（2021.1重印）
ISBN 978-7-5511-3874-1

Ⅰ.①闻… Ⅱ.①闻… Ⅲ.①诗集–中国–现代 Ⅳ.①I226

中国版本图书馆CIP数据核字(2018)第048909号

书　　名：	闻一多经典作品集
作　　者：	闻一多

策　　划：	张采鑫
责任编辑：	董　舸
责任校对：	齐　欣
特约编辑：	李文生
全案设计：	北京九洲鼎图书有限公司
出版发行：	花山文艺出版社（邮政编码：050061）
	（河北省石家庄市友谊北大街330号）
销售热线：	0311-88643221/29/31/32/26
传　　真：	0311-88643225
印　　刷：	三河市悦鑫印务有限公司
经　　销：	新华书店
开　　本：	700×1000　1/16
字　　数：	110千字
印　　张：	10
版　　次：	2018年6月第1版
	2021年1月第3次印刷
书　　号：	ISBN 978-7-5511-3874-1
定　　价：	29.90元

（版权所有 翻印必究·印装有误 负责调换）

巨人心中的巨人，大师笔下的大师。

——臧克家

闻一多的死是一首伟大的诗，他给我们留下了最完美最伟大的诗篇。

——冰心

鲁迅和闻一多都是我们学习的榜样。

——周恩来

你是一团火，照彻了深渊；指示着青年，失望中抓住自我。你是一团火，照明了古代；歌舞和竞赛，有力猛如虎。你是一团火，照亮了魔鬼；烧毁了自己！遗烬里爆出个新中国！

——朱自清

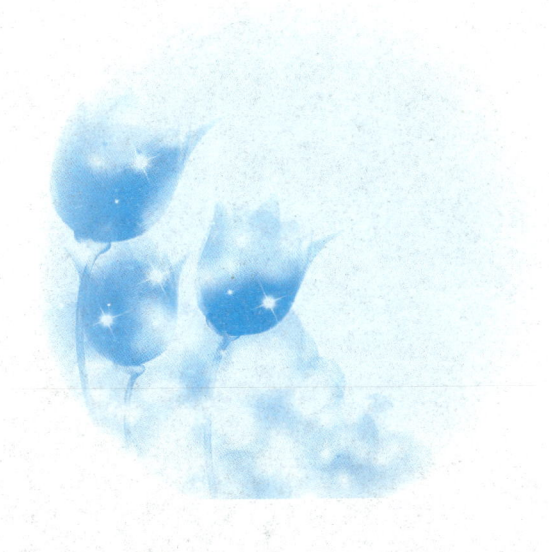

序

语文核心素养与经典阅读

　　中华人民共和国建国几十年来，语文教学实现了由"语文教学大纲"到"语文课程标准"再到"语文核心素养"的三级跳远。如果说"语文教学大纲"解决了森林的每棵树是什么的问题；那么，"语文课程标准"就解决了由树成林的整体观；而"语文核心素养"则解决了树如何成林，成林后有什么用处的大问题。

　　在"语文教学大纲"时代，解决一个一个的知识点是教学的重要任务，于是一篇篇文章被贴上无数的知识标签，在课堂上被一一肢解，学生被灌输了无数的知识点却"只见树木不见森林"。"语文课程标准"的颁布实施，让中国的语文教学前进了一大步，真正把语文教学放在"课程"里整体思考，整体设计教学思路，将知识、能力、情感、态度、价值观融为一体统筹安排，但其终极目标却语焉不详或无法操作而最终"形似而实不是"。"语文核心素养"是在全面落实"立德树人"教育目标下提出来的，旨在通过语文自有的教育功能为当代合格青少年的成长过程提供必要的养料和条件。

　　什么是"语文核心素养"？北京师范大学资深教授王宁认为：语文核心素养是学生在积极主动的语言实践活动中构建起来、并在真实的语言运用情境中表现出来的个体语言经验和言语品质；是学生在语文学习中获得的语言知识与语言能力、思维方法和思维品质，是基于正确的情感、态度和价值观的审美情趣和文化感受能力的综合体现。简言之，语文核心素养包含四个主题词，即语言、思维、审美和文化。

我们为什么要阅读经典，如何阅读经典，它和语文核心素养的养成有什么关系？

木心说，阅读经典无非就是让我们找到了一个制高点。我们可以站在这个制高点上，去回首我们的过去的经历，评判我们的得失；也可以更加开阔的视野瞭望世界，"极目楚天舒"。这说明"读什么"比"怎么读"更为重要。

中外经典繁多。中国古代文学是一座宝库，但需要掌握一定的知识和能力，需要有适合的导读和引领。中国当代文学由于还需要时间的沉淀、批判与选择。而中国现代文学由于离我们不太遥远，且由于其所处时代的特殊性，给我们的阅读提供了多种可能性。因此，在几年前"经典阅读与语文教育"课题被中国教育学会中学语文教学专业委员会批准立项时，课题组就锁定中国现代文学经典作为研究对象。这些经典，不仅有二十世纪二三四十年代冲破铁屋子的呐喊，落后与苦难下的坚守，民族存亡的抗争，也有中华人民共和国成立的喜悦和投身火热建设中的豪情，其家国情怀无不令人动容。通过阅读这些经典，学习作家们的语言运用技巧，积累语言并内化，提升自己的语言建构与运用能力；学习作家们批判与发现精神，促进自己的思维发展与提升；学会欣赏和评价作家们的作品，培养自己的审美鉴赏与创造能力；学习作家们对中外文化的包容、借鉴、继承，加强自己对文化的传承与理解。

最后借用我国著名作家王蒙先生的话与读者共勉：读书的亮点在于照亮生活，生活的亮点包括积累智慧与学问。生活与读书是互见、互证、互相照耀的关系。书没有生活那么丰富，但是应该更集中了光照与穿透的能力。不做懒汉，不做侏儒！用脑阅读，用心阅读！用阅读攀登精神的高峰！

目录

> 诗歌
>
> 如今狞恶的海
> 狮扑在我身上，
> 啖着我的骨肉
> 唆着我的脂膏。

红烛 /003

李白之死 /006

青春 /015

孤雁 /016

太平洋舟中见一明星 /020

花儿开过了 /022

死水 /024

太阳吟 /026

末日 /029

夜歌 /030

洗衣歌 /031

忆菊
　　——重阳节前一日作 /034

泪雨 /038

一句话 /039

也许
　　——葬歌 /040

志愿 /041

雪片 /043

雨夜 /044

七子之歌 /045

渔阳曲 /049

故乡 /058

晚霁见月 /061

闻一多先生的书桌 /063

春之首章 /065

春之末章 /067

我要回来 /069

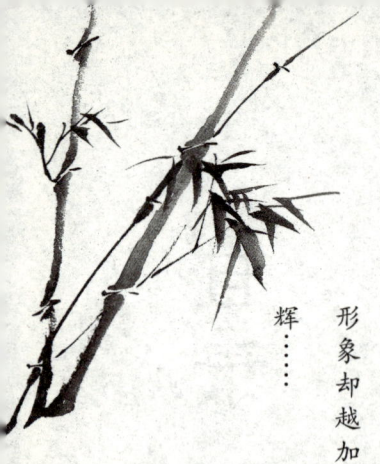

时间越过的久，形象却越加光辉……

演讲

最后一次的讲演 /073
在鲁迅逝世八周年纪念会
　　上的讲话 /076

抽象的美术影响于思想的文明。

文艺评论

建筑的美术 /081
黄纸条告 /085
悼玮德 /087
诗人的蛮横 /090
说舞 /092
字与画 /098
诗与批评 /101

在晚上凭栏望见海湾里千万只帆船的桅杆……

散文·杂文

画展 /109
青岛 /112
旅客式的学生 /114
复古的空气 /117
"五四"断想 /122
八年的回忆与感想 /124

将梦魂中迷离恍惚的，捕风捉影，模拟出来，聊当瞻拜的对象。

古典文学研究

杜甫 /131
文学的历史动向 /145

诗
歌

红　　烛

"蜡炬成灰泪始干。"

——李商隐

红烛啊！

这样红的烛！

诗人啊，

吐出你的心来比比，

可是一般颜色？

红烛啊！

是谁制的蜡——给你躯体？

是谁点的火——点着灵魂？

为何更须烧蜡成灰，

然后才放光出？

一误再误；

矛盾！冲突！

红烛啊！

不误,不误!

原是要"烧"出你的光来——

这正是自燃的方法。

红烛啊!

既制了,便烧着!

烧吧!烧吧!

烧破世人的梦,

烧沸世人的血——

也救出他们的灵魂,

也捣破他们的监狱!

红烛啊!

你心火发光之期,

正是泪流开始之日。

红烛啊!

匠人造了你,

原是为烧的。

既已烧着,

又何苦伤心流泪?

哦!我知道了!

是残风来侵你的光芒，

你烧得不稳时，

才着急得流泪！

红烛啊！
流吧！你怎能不流呢？
请将你的脂膏，
不息地流向人间，
培出慰藉的花儿，
结成快乐的果子！

红烛啊！
你流一滴泪，灰一分心。
灰心流泪你的果，
创造光明你的因。

红烛啊！
"莫问收获，但问耕耘。"

李白之死

世俗流传太白以捉月骑鲸而终，本属荒诞。此诗所述亦凭臆造，无非欲借以描画诗人的人格罢了。读者不要当作历史看就对了。

"我本楚狂人，《凤歌》笑孔丘。"

——李白

一对龙烛已烧得只剩光杆两枝，
却又借回已流出的浓泪的余脂，
牵延着欲断不断的弥留的残火，
在夜的喘息里无效地抖擞振作。
杯盘狼藉在案上，酒坛睡倒在地下，
醉客散了，如同散阵投巢的乌鸦；
只那醉得最狠，醉得如泥的李青莲
（全身的骨架如同脱了榫的一般）
还歪倒倒地在花园的椅上堆着，
口里喃喃地，不知到底说些什么。

声音听不见了，嘴唇还喋着不止；
忽地那络着密密红丝网的眼珠子，

（他自身也像一个微小的醉汉）

对着那怯懦的烛焰瞪了半天；

仿佛一只饿狮，发现了一个小兽，

一声不响，两眼睁睁地望他尽瞅；

然后轻轻地缓缓地举起前脚，

便迅雷不及掩耳，忽地往前扑着——

像这样，桌上两对角摆着的烛架，

都被这个醉汉拉倒在地下。

"哼哼！就是你，你这可恶的作怪，"

他从咬紧的齿缝里泌出声音来，

"碍着我的月儿不能露面哪！

月儿啊！你如今应该出来了吧！

哈哈！我已经替你除了障碍，

骄傲的月儿，你怎么还不出来？

你是瞧不起我吗？啊，不错！

你是天上广寒宫里的仙娥，

我呢？不过那戏弄黄土的女娲

散到六合里来的一颗尘沙！

啊！不是！谁不知我是太白之精？

我母亲没有在梦里会过长庚？

月儿，我们星月原是同族的，

我说我们本来是很面熟呢！"

在说话时他没留心那黑树梢头

渐渐有一层薄光将天幕烘透，

几朵铅灰云彩一层层都被烘黄，

忽地有一个琥珀盘轻轻浮上，

（却又像没动似的）他越浮得高，

越缩越小；颜色越褪淡了，直到

后来，竟变成银子样的白的亮——

于是全世界都浴着伊的晶光。

簇簇的花影也次第分明起来，

悄悄爬到人脚下偎着，总躲不开——

像个小狮子狗儿睡醒了摇摇耳朵，

又移到主人身边懒洋洋地睡着。

诗人自身的影子，细长得可怕的一条，

竟拖到五步外的栏杆上坐起来了。

从叶缝里筛过来的银光跳荡，

啮着环子的兽面蠢似一朵缩菌，

也鼓着嘴儿笑了，但总笑不出声音。

桌上一切的器皿，接受复又反射

那闪烁的光芒，又好像日下的盔甲。

这段时间中，他通身的知觉都已死去，

那被酒催迫了的呼吸几乎也要停驻；

两眼只是对着碧空悬着的玉盘，

对着他尽看，看了又看，总看不倦。

"啊！美呀！"他叹道："清寥的美！莹澈的美！

宇宙为你而存吗？你为宇宙而在？

哎呀！怎么总是可望而不可即！

月儿呀月儿！难道我不应该爱你？

难道我们永远便是这样隔着？

月儿，你又总爱涎着脸皮跟着我；

等我被你媚狂了，要拿你下来，

却总攀你不到。唉！这样狠又这样乖！

月啊！你怎同天帝一样地残忍！

我要白日照我这至诚的丹心，

狰狞的怒雷又砰訇地吼我；

我在落雁峰前几次朝拜帝座，

额撞裂了，嗓叫破了，闾阖还不开。

吾爱啊！帝旁擎着雉扇的吾爱！

你可能问帝，我究犯了哪条天律？

把我谪了下来，还不召我回去？

帝啊！帝啊！我这罪过将永不能赎？

帝呀！我将无期地囚在这痛苦之窟？"

又圆又大的热泪滚向膨胀的胸前，

却有水银一般地沉重与灿烂；

像是刚同黑云碰碎了的明月

溅下来点点的残屑，炫目的残屑。

"帝啊！既遣我来，就莫生他们！"他又讲，

"他们，那般妖媚的狐狸，猜狠的豺狼！

我无心作我的诗，谁想着骂人呢？

他们小人总要忍心地吹毛求疵，

说那是讥诮伊的。哈哈！这真是笑话！

他是个什么人？他是个将军吗？

将军不见得就不该替我脱靴子。

唉！但是我为什么要作那样好的诗？

这岂不自作的孽，自招的罪？……

哪里？我哪里配得上谈诗？不配，不配；

谢玄晖才是千古的大诗人呢！——

那吟'余霞散成绮，澄江净如练'的

谢将军，诗既作的那样好——真好！——

但是哪里像我这样地坎坷潦倒？"

然后，撑起胸膛，他长长地叹了一声。

只自身的影子点点头，再没别的同情？

这叹声，便似平远的沙汀上一声鸟语，

叫不应回音，只悠悠地独自沉没，

终于无可奈何，被宽嘴的寂静吞了。

"啊'澄江净如练，'这种妙处谁能解道？

记得那回东巡浮江的一个春天——

两岸旌旗引着腾龙飞虎回绕碧山——

果然如是，果然是白练满江……

唔？又讲起他的事了？冤枉啊！冤枉！

夜郎有的是酒，有的是月，我岂怨嫌？

但不记得那天夜半，我被捉上楼船！

我企望谈谈笑笑，学着仲连安石们，

替他们解决些纷纠，扫却了胡尘。

哈哈！谁又知道他竟起了野心呢？

哦，我竟被人卖了！但一半也怪我自身！"

这样他便将那成灰的心渐渐扇着，

到底又得痛饮一顿，浇熄了愁的火，

谁知道这愁竟像田单的火牛一般：

热油淋着，狂风煽着，越奔火越燃，

毕竟谁烧焦了骨肉，牺牲了生命，

那束刃的采帛却焕成五色的龙文：

如同这样，李白那煎心烙肺的愁焰，

也便烧得他那幻象的轮子急转，

转出了满牙齿上攒着的"丽藻春葩"。

于是他又讲，"月儿！若不是你和他，"

手指着酒壶，"若不是你们的爱护，

我这生活可不还要百倍地痛苦？

啊！可爱的酒！自然赐给伊的骄子——

诗人的恩俸！啊，神奇的射愁的弓矢！

开启琼宫的管钥！琼宫开了：

那里有鸣泉漱石，玲鳞怪羽，仙花逸条；

又有琼瑶的轩馆同金碧的台榭；

还有吹不满旗的灵风推着云车，

满载霓裳缥缈，彩佩玲珑的仙娥，

给人们颁送着驰魂宕魄的天乐。

啊！是一个绮丽的蓬莱的世界，

被一层银色的梦轻轻地锁着在！"

"啊！月呀！可望而不可即的明月！

当我看你看得正出神的时节，

我只觉得你那不可思议的美艳，

已经把我全身溶化成水质一团，

然后你那提挈海潮的全副的神力，

把我也吸起，浮向开遍水钻花的

碧玉的草场上；这时我肩上忽展开

一双翅膀，越张越大，在空中徘徊，

如同一只大鹏浮游于八极之表。

哦，月儿，我这时不敢正眼看你了！

你那太强烈的光芒刺得我心痛。……

忽地一阵清香揽着我的鼻孔，

我吃了一个寒噤，猛开眼一看……

哎呀！怎的这样一副美貌的容颜！

丑陋的尘世！你哪有过这样的副本？

啊！布置得这样调和，又这般端正，

竟同一阕鸾凤和鸣的乐章一般！

哦，我如何能信任我的这双肉眼？

我不相信宇宙间竟有这样的美！

啊，大胆的我哟，还不自惭形秽，

竟敢现于伊前！——啊！笨愚呀糊涂！——

这时我只觉得头昏眼花，血凝心冱；

我觉得我是污烂的石头一块，

被上界的清道夫抛掷了下来，

掷到一个无垠的黑暗的虚空里，

坠降，坠降，永无着落，永无休止！"

月儿初还在池下丝丝柳影后窥看，

像沐罢的美人在玻璃窗口晾发一般；

于今却已姗姗移步出来,来到了池西;
夜飔的私语不知说破了什么消息,
池波一皱,又惹动了伊娴静的微笑。
沉醉的诗人忽又颤巍巍地站起了,
东倒西歪地挨到池边望着那晶波。
他看见这月儿,他不觉惊讶地想着:
如何这里又有一个伊呢?奇怪!奇怪!
难道天有两个月,我有两个爱?
难道刚才伊送我下来时失了脚,
掉在这池里了吗?——这样他正疑着……
他脚底下正当活泼的小涧注入池中,
被一丛刚劲的菖蒲鲠塞了喉咙,
便咯咯地咽着,像喘不出气的呕吐。
他听着吃了一惊,不由得放声大哭:
"哎呀!爱人啊!淹死了,已经叫不出声了!"
他翻身跳下池去了,便向伊一抱,
伊已不见了,他更惊慌地叫着,
却不知道自己也叫不出声了!
他挣扎着向上猛踊,再昂头一望,
又见圆圆的月儿还平安地贴在天上。
他的力已尽了,气已竭了,他要笑,
笑不出了,只想道:"我已救伊上天了!"

青　春

"柳暗花明又一村。"

——陆游

青春像只唱着歌的鸟儿，

已从残冬窟里闯出来，

驶入宝蓝的穹窿里去了。

神秘的生命，

在绿嫩的树皮里膨胀着，

快要送出带鞘子的，

翡翠的芽儿来了。

诗人呵！揩干你的冰泪，

快预备着你的歌儿，

也赞美你的苏生吧！

孤　雁

　　　　　"天涯涕泪一身遥。"

　　　　　　　　　　　——杜甫

不幸的失群的孤客！

谁教你抛弃了旧侣，

拆散了阵字，

流落到这水国的绝塞，

拼着寸磔的愁肠，

泣诉那无边的酸楚？

啊！从那浮云的密幕里，

迸出这样的哀音，

这样的痛苦！这样的热情！

孤寂的流落者！

不须叫喊得哟！

你那沉细的音波，

在这大海的惊雷里，

还不值得那涛头

溅破的一粒浮沤呢。

可怜的孤魂啊!

更不须向天回首了。

天是一个无涯的秘密,

一幅蓝色的谜语,

太难了,不是你能猜破的。

也不须向海低头了。

这辱骂高天的恶汉,

他的咸卤的唾沫

不要渍湿了你的翅膀,

黏滞了你的行程!

流落的孤禽啊!

到底飞往哪里去呢?

那太平洋的彼岸,

可知道究竟有些什么?

啊!那里是苍鹰的领土——

那鸷悍的霸王啊!

他的锐利的指爪,

已撕破了自然的面目,

建筑起财力的窝巢。

那里只有铜筋铁骨的机械,

喝醉了弱者的鲜血,

吐出那罪恶的黑烟,

涂污我太空,闭熄了日月,

教你飞来不知方向,

息去又没地藏身啊!

流落的失群者啊!

到底要往哪里去?

随阳的鸟啊!

光明的追逐者啊!

不信那腥臊的屠场,

黑暗的烟灶,

竟能吸引你的踪迹!

归来吧,失路的游魂!

归来参加你的伴侣,

补足他们的阵列!

他们正引着颈望你呢。

归来偃卧在霜染的芦林里,

那里有校猎的西风,
将茸毛似的芦花,
铺就了你的床褥
来温暖起你的甜梦。

归来浮游在温柔的港潋里,
那里方是你的浴盆。
归来徘徊在浪舐的平沙上,
趁着溶银的月色
婆娑着戏弄你的幽影。

归来吧,流落的孤禽!
与其尽在这水国的绝塞,
拼着寸磔的愁肠,
泣诉那无边的酸梦,
不如棹翅回身归去吧!

啊!但是这不由分说地狂飙
挟着我不息地前进;
我脚上又带着了一封书信,
我怎能抛却我的使命,
由着我的心性
回身棹翅归去来呢?

太平洋舟中见一明星

鲜艳的明星哪！——

太阴的嫡裔,

月儿同胞的小妹——

你是天仙吐出的玉唾,

溅在天边?

还是鲛人泣出的明珠,

被海涛淘起?

哦！我这被单调的浪声

摇睡了的灵魂,

昏昏睡了这么久,

毕竟被你唤醒了哦,

灿烂的宝灯啊！

我在昏沉的梦中,

你将我唤醒了,

我才知道我已离了故乡,

贬斥在情爱的边徼之外——

飘簸在海涛上的一枚钓饵。

你又唤醒了我的大梦——

梦外包着的一层梦！

生活呀！苍茫的生活呀！

也是波涛险阻的大海哟！

是情人的眼泪的波涛，

是壮士的血液的波涛。

鲜艳的星，光明的结晶啊！

生命之海中的灯塔！

照着我吧！照着我吧！

不要让我碰了礁滩！

不要许我越了航线；

我自要加进我的一勺温泪，

教这泪海更咸；

我自要倾出我的一腔热血，

教这血涛更鲜！

花儿开过了

花儿开过了，果子结实了；
一春的香雨被一夏的骄阳炙干了，
一夏的荣华被一秋的馋风扫尽了。
如今败叶枯枝，便是你的余剩了。

天寒风紧，冻哑了我的心琴；
我惯唱的颂歌如今竟唱不成。
但是，且莫伤心，我的爱，
琴弦虽不鸣了，音乐依然在。

只要灵魂不灭，记忆不死，纵使
你的荣华永逝，（这原是没有的事）
我敢说那已消的春梦的余痕，
还永远是你我的生命的生命！

况且永继的荣华，顷刻的凋落——
两两相形，又算得了些什么？
今冬的假眠，也不过是明春的

更烈的生命所必需的休息。

所以不怕花残，果烂，叶败，枝空，
那缜密的爱的根网总没一刻放松；
他总是绊着，抓着，咬着我的心，
他要抽尽我的生命供给你的生命！

爱啊！上帝不曾因青春的暂退，
就要将这个世界一齐捣毁，
我也不曾因你的花儿暂谢，
就敢失望，想另种一朵来代他！

死　水

　　这是一沟绝望的死水,
　　清风吹不起半点漪沦。
　　不如多扔些破铜烂铁,
　　爽性泼你的剩菜残羹。

　　也许铜的要绿成翡翠,
　　铁罐上绣出几瓣桃花;
　　再让油腻织一层罗绮,
　　霉菌给他蒸出些云霞。

　　让死水酵成一沟绿酒,
　　飘满了珍珠似的白沫;
　　小珠们笑声变成大珠,
　　又被偷酒的花蚊咬破。

　　那么一沟绝望的死水,
　　也就夸得上几分鲜明。
　　如果青蛙耐不住寂寞,

又算死水叫出了歌声。

这是一沟绝望的死水,

这里断不是美的所在,

不如让给丑恶来开垦,

看他造出个什么世界。

太 阳 吟

太阳啊,刺得我心痛的太阳!
又逼走了游子的一出还乡梦,
又加他十二个时辰的九曲回肠!

太阳啊,火一样烧着的太阳!
烘干了小草尖头的露水,
可烘得干游子的冷泪盈眶?

太阳啊,六龙骖驾的太阳!
省得我受这一天天的缓刑,
就把五年当一天跑完那又何妨?

太阳啊——神速的金乌——太阳!
让我骑着你每日绕行地球一周,
也便能天天望见一次家乡!

太阳啊,楼角新升的太阳!
不是刚从我们东方来的吗?

我的家乡此刻可都依然无恙?

太阳啊,我家乡来的太阳!
北京城里的宫柳裹上一身秋了吧?
唉!我也憔悴得同深秋一样!

太阳啊,奔波不息的太阳!
你也好像无家可归似的呢。
啊!你我的身世一样地不堪设想!

太阳啊,自强不息的太阳!
大宇宙许就是你的家乡吧。
可能指示我我的家乡的方向?

太阳啊,这不像我的山川,太阳!
这里的风云另带一般颜色,
这里鸟儿唱的调子格外凄凉。

太阳啊,生命之火的太阳!
但是谁不知你是球东半的情热,
同时又是球西半的智光?

太阳啊,也是我家乡的太阳!

此刻我回不了我往日的家乡,

便认你为家乡也还得失相偿。

太阳啊,慈光普照的太阳!

往后我看见你时,就当回家一次;

我的家乡不在地下乃在天上!

末　日

　　露水在笕筒里哽咽着，
　　　　芭蕉的绿舌头舐着玻璃窗，
　　四围的垩壁都往后退，
　　　　我一人填不满偌大一间房。

　　我心房里烧上一盆火，
　　　　静候着一个远道的客人来，
　　我用蛛丝鼠矢喂火盆，
　　　　我又用花蛇的鳞甲代劈柴。

　　鸡声直催，盆里一堆灰，
　　　　一股阴风偷来摸着我的口，
　　原来客人就在我眼前，
　　　　我咳嗽一声，就跟着客人走。

夜　歌

癞蛤蟆抽了一个寒噤，
黄土堆里钻出个妇人，
妇人身旁找不出阴影，
月色却是如此的分明。

黄土堆里钻出个妇人，
黄土堆上并没有裂痕，
也不曾惊动一条蚯蚓，
或绷断蛸蟏一根网绳。

月光底下坐着个妇人，
妇人的面貌好似青春，
猩红衫子血样的狰狞，
鬅松的散发披了一身。

妇人在号咷，捶着胸心，
癞蛤蟆只是打着寒噤，
远村的荒鸡哇的一声，
黄土堆上不见了妇人。

洗 衣 歌

　　　　洗衣是美国华侨最普通的职业。因此留学生常常被人问道："你爸爸是洗衣裳的吗？"许多人忍受不了这侮辱，然而洗衣的职业确乎含着一点神秘的意义，至少我曾经这样地想过，作洗衣歌。

　　　（一件，两件，三件，）
　　洗衣要洗干净！
　　　（四件，五件，六件，）
　　熨衣要熨得平！

我洗得净悲哀的湿手帕，
我洗得白罪恶的黑汗衣，
贪心的油腻和欲火的灰……
你们家里一切的脏东西，
　交给我洗，交给我洗。

铜是那样臭，血是那样腥，
脏了的东西你不能不洗，

洗过了的东西还是得脏,
你忍耐的人们理它不理?
　　替他们洗!替他们洗!

你说洗衣的买卖太下贱,
肯下贱的只有唐人不成!
你们的牧师他告诉我说:
耶稣的爸爸做木匠出身,
　　你信不信?你信不信?

胰子白水耍不出花头来,
洗衣裳原比不上造兵舰。
我也说这有什么大出息——
流一身血汗洗别人的汗?
　　你们肯干?你们肯干?

年去年来一滴思乡的泪,
半夜三更一盏洗衣的灯……
下贱不下贱你们不要管,
看哪里不干净哪里不平,
　　问支那人,问支那人。

我洗得净悲哀的湿手帕,

我洗得白罪恶的黑汗衣,

贪心的油腻和欲火的灰,

你们家里一切的脏东西,

　　交给我——洗,交给我——洗。

　　(一件,两件,三件,)

　洗衣要洗干净!

　　(四件,五件,六件,)

　熨衣要熨得平!

忆　菊

——重阳节前一日作

插在长颈的虾青瓷的瓶里，

六方的水晶瓶里的菊花，

攒在紫藤仙姑篮里的菊花；

守着酒壶的菊花，

陪着螯盏的菊花；

未放，将放，半放，盛放的菊花。

镶着金边的绛色的鸡爪菊；

粉红色的碎瓣的绣球菊！

懒慵慵的江西腊哟；

倒挂着一饼蜂巢似的黄心，

仿佛是朵紫的向日葵呢。

长瓣抱心，密瓣平顶的菊花；

柔艳的尖瓣攒蕊的白菊

如同美人的拳着的手爪，

拳心里攫着一撮儿金粟。

檐前，阶下，篱畔，圃心的菊花：

霭霭的淡烟笼着的菊花，

丝丝的疏雨洗着的菊花——

金的黄，玉的白，春酿的绿，秋山的紫……

剪秋萝似的小红菊花儿；

从鹅绒到古铜色的黄菊；

带紫茎的微绿色的"真菊"

是些小小的玉管儿缀成的，

为的是好让小花神儿

夜里偷去当了笙儿吹着。

大似牡丹的菊王到的奢豪些，

他的枣红色的瓣儿，铠甲似的，

张张都装上银白的里子了；

星星似的小菊花蕾儿

还拥着褐色的萼被睡着觉呢。

啊！自然美的总收成啊！

我们祖国之秋的杰作啊！

啊！东方的花，骚人逸士的花呀！

那东方的诗魂陶元亮

不是你的灵魂的化身吧？

那祖国的登高饮酒的重九

不又是你诞生的吉辰吗？

你不像这里的热欲的蔷薇，

那微贱的紫罗兰更比不上你。

你是有历史，有风俗的花。

啊！四千年的华胄的名花呀！

你有高超的历史，你有逸雅的风俗！

啊！诗人的花呀！我想起你，

我的心也开成顷刻之花

灿烂的如同你的一样；

我想起你同我的家乡，

我们的庄严灿烂的祖国，

我的希望之花又开得同你一样。

习习的秋风啊！吹着，吹着！

我要赞美我祖国的花！

我要赞美我如花的祖国！

请将我的字吹成一簇鲜花，

金的黄,玉的白,春酿的绿,秋山的紫……

然后又统统吹散,吹得落英缤纷,

弥漫了高天,铺遍了大地!

秋风啊!习习的秋风啊!

我要赞美我祖国的花!

我要赞美我如花的祖国!

泪　雨

他在那生命的阳春时节，
曾流着号饥号寒的眼泪；
那原是舒生解冰的春霖，
却也兆征了生命的哀悲。

他少年的泪是连绵的阴雨
暗中浇熟了酸苦的黄梅；
如今黑云密布，雷电交加，
他的泪像夏雨一般的滂沛。

中途的怅惘，老大的蹉跎，
他知道中年的苦泪更多，
中年的泪定似秋雨淅沥，
梧桐叶上敲着永夜的悲歌。

谁说生命的残冬没有眼泪？
老年的泪是悲哀的总和；
他还有一掬结晶的老泪，
要开作漫天愁人的花朵。

一 句 话

有一句话说出就是祸,

有一句话能点得着火。

别看五千年没有说破,

你猜得透火山的缄默?

说不定是突然着了魔,

突然青天里一个霹雳,

　　爆一声:

　　　"咱们的中国!"

这话叫我今天怎么说?

你不信铁树开花也可,

那么有一句话你听着:

等火山忍不住了缄默,

不要发抖,伸舌头,顿脚,

等到青天里一个霹雳,

　　爆一声:

　　　"咱们的中国!"

也　许
——葬歌

也许你真是哭得太累，
也许，也许你要睡一睡，
那么叫夜鹰不要咳嗽，
蛙不要号，蝙蝠不要飞，

不许阳光拨你的眼帘，
不许清风刷上你的眉，
无论谁都不能惊醒你，
撑一伞松荫庇护你睡。

也许你听这蚯蚓翻泥，
听这小草的根须吸水，
也许你听着这般音乐，
比那咒骂的人声更美；

那么你先把眼皮闭紧，
我就让你睡，我让你睡，
我把黄土轻轻盖着你，
我叫纸钱儿缓缓地飞。

志　愿

柔和的新月！放荡的青春！

柔春里的长途散步；我们俩正值朱颜。我听见你讲："早点预备晚饭，赶快做菜。今晚有新月，让我们设些志愿，我们一块儿去散步……睡觉还早着咧。"

柔和的新月！放荡的青春！

你啸了一个调儿，我把窗户推开了，把窗户推开了，好让小小的新月窥进来。

我的心很快活，他唱一个小调儿。他唱地像一个鸟样，通夜在我的梦寐里还唱着，一首癫狂的小歌儿。

柔和的新月！放荡的青春！

你的志愿在四方。个个男儿都如此。我的志愿还是旧的志愿，你的志愿成功了。青春迟暮了。朱颜萧索了。新月灰木了。全世界都老了。

让窗户开着。睡觉还早着咧。

柔和的新月！放荡的青春！

窗户还是开着,一个憔悴的老月,古怪而且昏沉,望着我笑,斜着眼珠儿进来了,像一个老妈子叽里咕噜讲道:

有——一次——一个——女——人——

你……你……你……

从她肩背上望过来——

你……你……你……

望——着——我——我那时候——正在——新弦,设了——一个——志愿——没有——成——功……

没有——成——功!

你……你……你……

可恶的老月……

现在我再不早预备晚饭了。为新月忙碌是没有用的。有一个调儿他常常啸着……

我已经忘了那调儿……

放荡的老月!柔和的青春!

关上窗户。过了好久吧——过了一生。

雪　片

一个雪片离开了青天的时候，

他飘来飘去地讲"再见！

再见，亲爱的云，你这样冷淡！"

然后轻轻地向前迈往。

一个雪片寻着了一株树的时候，

"你好！"他说——"你可平安！

你这样的赤裸与孤单，亲爱的，

我要休息，并且叫我的同伴都来。"

但是一个雪片，勇敢而且和蔼，

歇在一个佳人的蔷薇颊上的时候，

他吃了一惊，"好温柔的天气呀！

这是夏季？"——他就融化了。

雨　夜

　　　　　"千秋风雨莺求友。"
　　　　　　　　　　——黄庭坚

几朵浮云，仗着雷雨的势力，
把一天的星月都扫尽了。
一阵狂风还喊来要捉那软弱的树枝，
树枝拼命地扭来扭去，
但是无法躲避风的爪子。

凶狠的风声，悲酸的雨声——
我一壁听着，一壁想着：
假使梦这时要来找我，
我定要永远拉着他，不放他走；
还要剜出我的心来送他作贽礼，
他要收我做个莫逆的朋友。
风声还在树里呻吟着，
泪痕满面的曙天白得可怕，
我的梦依然没有做成。
哦！原来真的已被我厌恶了，
假的就没他自身的尊严吗？

七子之歌

邶有七子之母不安其室，七子自怨自艾，冀以回其母心。诗人作《凯风》以愍之。吾国自尼布楚条约迄旅大之租让，先后丧失之土地，失养于祖国，受虐于异类，臆其悲哀之情，盖有甚于《凯风》之七子，因择其与中华关系最亲切者七地，为作歌各一章，以抒其孤苦亡告，眷怀祖国之哀忱，亦以励国人之奋兴云尔。国疆崩丧，积日既久，国人视之漠然，不见夫法兰西之 Alsace-Lorraine（阿尔萨斯－洛林）耶？"精诚所至，金石能开。"诚能如斯，中华"七子"之归来，其在旦夕乎？

澳 门

你可知"妈港"不是我的真名姓？……
我离开你的襁褓太久了，母亲！
但是他们掳去的是我的肉体，
你依然保管着我内心的灵魂。
三百年来梦寐不忘的生母啊！
请叫儿的乳名，叫我一声"澳门"！
　　母亲！我要回来，母亲！

香 港

我好比凤阁阶前守夜的黄豹,

母亲呀,我身份虽微,地位险要。

如今狞恶的海狮扑在我身上,

啖着我的骨肉啃着我的脂膏。

母亲呀,我哭泣号咷,呼你不应。

母亲呀,快让我躲入你的怀抱!

　　母亲!我要回来,母亲!

台 湾

我们是东海捧出的珍珠一串,

琉球是我的群弟,我便是台湾。

我胸中还氤氲着郑氏的英魂,

精忠的赤血点染了我的家传。

母亲,酷炎的夏日要晒死我了;

赐我个号令,我还能背城一战。

　　母亲!我要回来,母亲!

威 海 卫

再让我看守着中华最古的海,

这边岸上原有圣人的丘陵在。

母亲,莫忘了我是防海的健将,

我有一座刘公岛做我的盾牌。

快救我回来呀,时期已经到了!

我背后葬的尽是圣人的遗骸。

　　母亲!我要回来,母亲!

广 州 湾

东海和硇洲是我的一双管钥,

我是神州后门上的一把铁锁。

你为什么把我借给一个盗贼?

母亲,你千万不该抛弃了我!

母亲呀!让我快回到你膝前来,

我要紧紧地拥抱着你的脚踝。

　　母亲!我要回来,母亲!

九 龙

我的胞兄香港在诉他的苦痛,

母亲呀，可记得你的幼女九龙？

自从我下嫁给那镇海的魔王，

我何曾有一天不在泪涛汹涌！

母亲，我天天数着归宁的吉日，

我只怕希望要变作一场空梦。

　　母亲！我要回来，母亲！

旅顺大连

我们是旅顺，大连，孪生的兄弟。

我们的命运——强邻脚下的烂泥，

母亲呀，我们的昨日不堪回首，

我们的今日更值得痛哭流涕，

母亲，归期到了，快领我们回来。

你不知道儿们如何的想念你！

　　母亲！我们要回来，母亲！

渔 阳 曲

白日的光芒照射着朱梦，
丹墀上默跪着双双的桐影。
宴饮的宾客坐满了西厢，
高堂上虎踞着他们的主人，
高堂上虎踞着威严的主人。

　　叮东，叮东，
　沉默弥漫了堂中，
　　又一个鼓手，
　　在堂前奏弄，
这鼓声与众不同。
　　叮东，叮东，
听！你可听得懂？
听！你可听得懂？

银琖玉碟——尝不遍燕脯龙肝，
鸬鹚勺子泻着美酒如泉，
杯盘的交响闹成铿锵一片，
笑容堆皱在主人的满脸——

啊，笑容堆皱了主人的满脸。

　　叮东，叮东，
这鼓声与众不同——
　　它清如鹤泪，
　　它细似吟蛩；
这鼓声与众不同。
　　叮东，叮东，
听！你可听得懂？
听！你可听得懂？

你看这鼓手他不像是凡夫，
他儒冠儒服，定然腹有诗书；
他宜乎调度着更幽雅的音乐，
粗笨的鼓槌不是他的工具，
这双鼓槌不是这手中的工具！
　　叮东，叮东，
这鼓声与众不同——
　　像寒泉注涧，
　　像雨打梧桐；
这鼓声与众不同。
　　叮东，叮东，
听！你可听得懂？

听！你可听得懂？

你看他敲着灵鼍鼓，两眼朝天，
你看他在庭前绕一道长弧线，
然后徐徐地步上了阶梯，
一步一声鼓，越打越酣然 ——
啊，声声的垒鼓，越打越酣然。
　　叮东，叮东，
　　这鼓声与众不同 ——
　　　陡然成急切，
　　　忽又变成沉雄；
　　这鼓声与众不同。
　　叮东，叮东，
　　不同，与众不同！
　　不同，与众不同！

坎坎的鼓声震动了屋宇，
他走上了高堂，便张目四顾，
他看见满堂缩瑟的猪羊，
当中是一只磨牙的老虎。
他偏要撩一撩这只老虎。
　　叮东，叮东，

　　　　这鼓声与众不同；

　　　　　　这不是颂德，

　　　　　　也不是歌功；

　　　　这鼓声与众不同。

　　　　　　叮东，叮东，

　　　　不同，与众不同！

　　　　不同，与众不同！

他大步地跨向主人的席旁，

却被一个班吏匆忙地阻挡；

"无礼的奴才！"这班吏吼道，

"你怎么不穿上号衣，就往前瞎闯？

你没有穿号衣，就往这儿瞎闯？"

　　　　　　叮东，叮东，

　　　　这鼓声与众不同——

　　　　　　分明是咒诅，

　　　　　　显然是嘲弄；

　　　　这鼓声与众不同。

　　　　　　叮东，叮东，

　　　　听！你可听得懂？

　　　　听！你可听得懂？

他领过了号衣,靠近栏杆,

次第的脱了皂帽,解了青衫,

忽地满堂的目珠都不敢直视,

仿佛看见猛烈的光芒一般,

仿佛他身上射出金光一般。

　　叮东,叮东,

　这鼓手与众不同 ——

　　他赤身露体,

　　他声色不动;

　这鼓手与众不同。

　　叮东,叮东,

　真个与众不同!

真个与众不同!

满堂是恐怖,满堂是惊讶,

满堂寂寞 —— 日影在石栏杆下;

飞起了翩翩一只穿花蝶,

洒落了疏疏几点木樨花,

庭中洒下了几点木樨花。

　　叮东,叮东,

　这鼓手与众不同 ——

　　莫不是酒醉?

莫不是癫疯?

这鼓手与众不同。

叮东,叮东,

定当与众不同!

定当与众不同!

苍黄的号褂露出一只赤臂,

头颅上高架着一顶银盔——

他如今换上了全副装束,

如今他才是一个知礼的奴才,

他如今才是一个知礼的奴才。

叮东,叮东,

这鼓声与众不同——

像狂涛打岸,

像霹雳腾空;

这鼓声与众不同。

叮东,叮东,

不同,与众不同!

不同,与众不同!

他在主人的席前左右徘徊,

鼓声愈渐激昂,越加慷慨;

主人停了玉杯，住了象箸，

主人的面色早已变作死灰，

啊，主人的面色为何变作死灰？

　　叮东，叮东，

　　这鼓声与众不同——

　　　擂得你胆寒，

　　　挝得你发耸；

　　这鼓声与众不同。

　　叮东，叮东，

　　不同，与众不同！

　　不同，与众不同！

猖狂的鼓声在庭中嘶吼，

主人的羞恼哽塞咽喉，

主人将唤起威风，呕出怒火，

谁知又一阵鼓声扑上心头，

把他的怒火扑灭在心头。

　　叮东，叮东，

　　这鼓声与众不同——

　　　像鱼龙走峡，

　　　像兵甲交锋；

　　这鼓声与众不同。

叮东，叮东，

不同，与众不同！

不同，与众不同！

堂下的鼓声忽地笑个不止，

堂上的主人只是坐着发痴；

洋洋的笑声洒落在四筵，

鼓声笑破了奸雄的胆子——

鼓声又笑破了主人的胆子！

叮东，叮东，

这鼓手与众不同——

席上的主人，

一动也不动；

这鼓手与众不同。

叮东，叮东，

定当与众不同！

定当与众不同！

白日的残辉绕过了雕楹，

丹墀上没有了双双的桐影。

无聊的宾客坐满了两厢，

高堂上呆坐着他们的主人，

高堂上坐着丧气的主人。

叮东，叮东，

这鼓手与众不同——

惩斥了国贼，

庭辱了枭雄；

这鼓手与众不同。

叮东，叮东，

真个与众不同！

真个与众不同！

故　　乡

　　　　先生，先生，你到底要上哪里去？
　　　　你这样的匆忙，你可有什么事？

我要看还有没有我的家乡在；
我要走了，我要回到望天湖边去。
我要访问如今那里还有没有
白波翻在湖中心，绿波翻在秧田里，
有没有麻雀在水竹枝头耍武艺？

　　　　先生，先生，世界是这样的新奇，
　　　　你不在这里遨游，偏要哪里去？

我要探访我的家乡，我有我的心事；
我要看孵卵的秧鸡可在秧林里，
泥上可还有鸽子的脚儿印"个"字，
神山上的白云一分钟里变几次，
可还有燕儿飞到人家堂上来报喜。

先生，先生，我劝你不要回家去；
世间只有远游的生活是自由的。

游子的心是风霜剥蚀的残碑，
碑上已经漶漫了家乡的字迹，
哦，我要回家去，我要赶紧回家去，
我要听门外的水车终日作鼋鸣，
再将家乡的音乐收入心房里。

先生，先生，你为什么要回家去？
世上有的是荣华，有的是智慧。

你不知道故乡有一个可爱的湖，
常年总有半边青天浸在湖水里，
湖岸上有兔儿在黄昏里觅粮食，
还有见了兔儿不要追的狗子——
我要看如今还有没有这种事。

先生，先生，我越加不能懂你了，
你到底，到底为什么要回家去？

我要看家乡的菱角还长几根刺，

我要看那里一根藕里还有几根丝,

我要看家乡还认识不认识我,

我要看坟山上添了几块新碑石,

我家后园里可还有开花的竹子。

晚霁见月

好了！风翅掩了，
　　雨脚敛了，
可惜太阳回了，
　　天色黯了，
剩下崎岖汹涌的云山云海，
塞满了天空。

忽地紫波银了，
　　远树沉了，
竟是黄昏死了，
　　白月生了——
但是崎岖汹涌的云山云海，
塞满了天空！

莫愁太阳自落，
　　睡煞人儿，
且待月亮照着，
　　唤醒魂儿。

但是崎岖汹涌的云山云海,

塞满了天空!

闻一多先生的书桌

忽然一切的静物都讲话了,
　　忽然间书桌上怨声腾沸:
墨盒呻吟道"我渴得要死!"
　　字典喊雨水渍湿了他的背;

信笺忙叫道弯痛了他的腰;
　　钢笔说烟灰闭塞了他的嘴,
毛笔讲火柴烧秃了他的须,
　　铅笔抱怨牙刷压了他的腿;

香炉咕喽着"这些野蛮的书
　　早晚定规要把你挤倒了!"
大钢表叹息快睡锈了骨头;
　　"风来了!风来了!"稿纸都叫了;

笔洗说他分明是盛水的,
　　怎么吃得惯臭辣的雪茄灰;
桌子怨一年洗不上两回澡,

墨水壶说"我两天给你洗一回。"

"什么主人？谁是我们的主人？"
一切的静物都同声骂道，
"生活若果是这般的狼狈，
倒还不如没有生活的好！"

主人咬着烟斗迷迷地笑，
"一切的众生应该各安其位。
我何曾有意地糟蹋你们，
秩序不在我的能力之内。"

春 之 首 章

浴人灵魂的雨过了：

薄泥到处啮人的鞋底。

凉飔挟着湿润的土气

在鼻蕊间正冲突着。

金鱼儿今天许不大怕冷了？

个个都敢于浮上来呢！

东风苦劝执拗的蒲根，

将才睡醒的芽儿放了出来。

春雨过了，芽儿刚抽到寸长，

又被池水偷着吞去了。

亭子角上几根瘦硬的，

还没赶上春的榆枝，

印在鱼鳞似的天上；

像一页淡蓝的朵云笺，

上面涂了些僧怀素的

铁画银钩的草书。

丁香枝上豆大的蓓蕾，
包满了包不住的生意，
呆呆地望着寥阔的天宇，
盘算它明日的荣华——
仿佛一个出神的诗人
在空中编织未成的诗句。

春啊！明显的秘密哟！
神圣的魔术哟！

啊！我忘了我自己，春啊！
我要提起我全身的力气，
在你那绝妙的文章上
加进这丑笨的一句哟！

春 之 末 章

被风惹恼了的粉蝶,

试了好几处的枝头,

总抱不大稳,率性就舍开,

忽地不知飞向哪里去了。

啊!大哲的梦身啊!

了无黏滞的达观者哟!

太轻狂了哦!杨花!

依然吩咐两丝粘住吧。

娇绿的坦张的荷钱啊!

不息地仰面朝上帝望着,

一心地默祷并且赞美他 ——

只要这样,总是这样,

开花结实的日子便快了。

一气的酣绿里忽露出

一角汉纹式的小红桥,

真红得快叫出来了!

小孩儿们也太好玩了啊!
镇日里蓝的白的衫子
骑满竹青石栏上垂钓。
他们的笑声有时竟脆得像
坍碎了一座琉璃宝塔一般。
小孩们总是这样好玩呢!

绿纱窗里筛出的琴声,
又是画家脑子里经营着的
一帧美人春睡图:
细熨的柔情,娇羞的倦致,
这般如此,忽即忽离,
啊!迷魂的律吕啊!

音乐家啊!垂钓的小孩啊!
我读完这春之宝笈的末章,
就交给你们永远管领着吧!

我 要 回 来

　　我要回来，
乘你的拳头像兰花未放，
乘你的柔发和柔丝一样，
乘你的眼睛里燃着灵光，
　　我要回来。

　　我没回来，
乘你的脚步像风中荡桨，
乘你的心灵像痴蝇打窗，
乘你笑声里有银的铃铛，
　　我没回来。

　　我该回来，
乘你的眼睛里一阵昏迷，
乘一口阴风把我灯吹熄，
乘一只冷手来掇走了你，
　　我该回来。

　　　　我回来了，
　　乘流萤打着灯笼照着你，
　　乘你的耳边悲啼着莎鸡，
　　乘你睡着了，含一口沙泥，
　　　　我回来了。

演讲

最后一次的讲演

这几天，大家晓得，在昆明出现了历史上最卑劣，最无耻的事情！李先生（李公朴）究竟犯了什么罪，竟遭此毒手？他只不过用笔写写文章，用嘴说说话，而他所写的，所说的，都无非是一个没有失掉良心的中国人的话！大家都有一支笔，有一张嘴，有什么理由拿出来讲啊！有事实拿出来说啊！（闻先生声音激动了）为什么要打要杀，而且又不敢光明正大地来打来杀，而偷偷摸摸地来暗杀！（鼓掌）这成什么话？（鼓掌）

今天，这里有没有特务？你站出来，是好汉的站出来！你出来讲！凭什么要杀死李先生？（厉声。热烈地鼓掌）杀死了人，又不敢承认，还要诬蔑人，说什么"桃色事件"，说什么共产党杀共产党，无耻啊！无耻啊！（热烈地鼓掌）这是某集团的无耻，恰是李先生的光荣！李先生在昆明被暗杀，是李先生留给昆明的光荣！也是昆明人的光荣！（鼓掌）

去年"一二·一"昆明青年学生为了反对内战，遭受屠杀，那算是年轻的一代，献出了他们的血，献出了他们最宝贵的生命！现在李先生为了争取民主和平，而遭受了反动派的暗杀，我们骄傲一点说，这算是像我这样大年纪的一代，我们的老战友，献出了最宝贵的生命。这两桩事发生在昆明，这算是昆明无限的光荣！（热烈地鼓掌）

反动派暗杀李先生的消息传出后，大家听了都悲愤痛恨。我心里想，这些无耻的东西，不知他们是怎么想法？他们的心理是什么状态？他们的心是怎样长的？（捶击桌子）其实很简单，（低沉渐高）他们这样疯狂地来制造恐怖，正是他们自己在慌啊！在害怕啊！所以他们制造恐怖，其实是他们自己在恐怖啊！特务们，你们想想，你们还有几天，你们完了，快完了！你们以为打伤几个，杀死几个，就可以了事，就可以把人民吓倒了吗？其实广大的人民是打不尽的，杀不完的，要是这样可以的话，世界上早没有人了。你们杀死了一个李公朴，会有千百万个李公朴站起来！你们将失去千百万的人民！你们看着我们人少，没有力量。告诉你们，我们的力量大得很！多得很！看今天来的这些人，都是我们的人，都是我们的力量！此外还有广大的市民！我们有这个信心：人民的力量是要胜利的，真理是永远存在的。历史上没有一个反人民的势力不被人民毁灭的！希特勒，墨索里尼不都在人民之前倒下去了吗？翻开历史看看，你还站得住几天！你完了，快完了！我们的光明就要出现了。我们看，光明就在我们眼前，而现在正是黎明之前那个最黑暗的时候。我们有力量打破这个黑暗，争到光明！我们的光明，就是反动派的末日！（热烈地鼓掌）

反动派故意挑拨美苏的矛盾，想利用这矛盾来打内战。任你们怎么样挑拨，怎么样离间，美苏不一定打呀！现在四外长会议已经圆满闭幕了。这不是说美苏间已经没有矛盾，但是可以让步，可以妥协。事情是曲折的，不是直线的。我们的新闻被封锁着，不知道美苏的开明舆论如何抬头，我们也看不见广大的美国人民的那种新的力量，在日益增长。但是，事实的反映，我们可以看出。

首先，现在司徒雷登出任美驻华大使，司徒雷登是中国人民的朋友，是教育家，他生长在中国，受的美国教育。他住在中国的时间比住在美国的时间长，他就如一个中国的留学生一样，从前在北平时，也常见面。他是一位和蔼可亲的老者，是真正知道中国人民的要求的，这不是说司徒雷登有三头六臂，能替中国人民解决一切，而是说美国人民的舆论抬头，美国才有这转变。

其次，反动派干得太不像样了，在四外长会议上，才不要中国做二十一国和平会议的召集人，这就是做点颜色给你看看，这也说明美国的支持是有限度的，人民的忍耐和国际的忍耐也是有限度的。

李先生的血，不会白流的。李先生赔上了这条性命，我们要换来一个代价。"一二·一"四烈士倒下了，年轻的战士们的血，换来了政治协商会议的召开，现在李先生倒下了，他的血要换取政协会议的重开！（热烈地鼓掌）我们有这个信心！（鼓掌）

"一二·一"是昆明的光荣，是云南人民的光荣。云南有光荣的历史，远的如护国，这不用说了。近的如"一二·一"，都是属于云南人民的。我们要发扬云南光荣的历史！

反动派挑拨离间，卑鄙无耻，你们看见联大走了，学生放暑假了，便以为我们没有力量了吗？特务们！你们错了！你们看看今天到会的一千多青年，又握起手来了，我们昆明的青年绝不会让你们这样蛮横下去的！

历史赋予昆明的任务是争取民主和平，我们昆明的青年必须完成这任务！

我们不怕死，我们有牺牲的精神，我们随时像李先生一样，前脚跨出大门，后脚就不准备再跨进大门！（长时间热烈地鼓掌）

在鲁迅逝世八周年纪念会上的讲话

有些人死去，尽管闹得十分排场，过了没有几天，就悄悄地随着时间一道消逝了，很快被人遗忘了。有的人死去，尽管生前受到很不公平的待遇，但时间越过的久，形象却越加光辉，他的声名却越来越伟大。我想，我们大家都会同意，鲁迅是经受得住时间考验的一位光辉伟大的人物。因为他对中华民族的文化事业留下了宝贵的遗产。他是中国历史上最伟大的文学家。

鲁迅生前所处的环境异常危险，他是一个被"通缉"的"罪犯"！但是他无所畏惧，本着有一分热，发一分光的精神，他勇敢、坚决地做他自己认为应做的事，在文化战线上打着大旗冲锋陷阵，难怪有的人为什么那么恨他！

鲁迅在日本留学，住在十里洋场的上海，他和洋人，和大官打过不少交道。但他对帝国主义、对买办大亨，对当权人物，没有丝毫的奴颜媚骨，宁可流亡受苦，也不妥协。鲁迅之所以伟大，之所以能写出那么多伟大的作品，和他这种高尚的人格是分不开的。学习鲁迅，我想先得学习他这种高尚的人格。

有人不喜欢鲁迅，也不让别人喜欢，因为嫌他说话讨厌。所以不准提到鲁迅的名字。也有人不喜欢鲁迅，倒愿意常常提到鲁迅的名字，是为了骂骂鲁迅。因为，据说当时一旦鲁迅回骂就可以出名。现在，也可以对某些人表明自己的"忠诚"。前者可谓之反动，后者只好叫作无耻了。其实，反动和无耻本来就是分不开的。

除了这样两种人，也还有一种自命清高的人，就像我自己这样的一批人。从前我们住在北平，我们有一些自称"京派"的学者先生，看不起鲁迅，说他是"海派"。就是没有跟着骂的人，反正也是不把"海派"放在眼上的。现在我向鲁迅忏悔：鲁迅对，我们错了！当鲁迅受苦受害的时候，我们都正在享福，当时我们如果都有鲁迅那样的骨头，哪怕只有一点，中国也不至于这样了。

骂过鲁迅或者看不起鲁迅的人，应该好好想想，我们自命清高，实际上是做了帮闲帮凶！如今，把国家弄到这步田地，实在感到痛心！现在，不是又有人在说什么闻××在搞政治了，在和搞政治的人来往啦，以为这样就能把人吓住，不敢搞了，不敢来往了。可是时代不同了，我们有了鲁迅这样的好榜样，还怕什么？纪念鲁迅，我想应该正是这样。

文艺评论

建筑的美术

　　世界本是一间天然的美术馆。人类在这个美术馆中间住着，天天模仿那些天然的美术品，同造物争妍斗巧。所以凡属人类所有东西，例如文字、音乐、戏剧、雕刻、图画、建筑、工艺，都是美感的结晶，本不用讲，就是政治、实业、教育、宗教，也都含着几层美术的意味。所以世界文明的进步同美术的进步，成一个正比例。

　　文明分思想的同物质的两种。美术也分两种，有具体的美术，有抽象的美术。抽象的美术影响于思想的文明。具体的美术影响于物质的文明。我们中国对于抽象的美术，从前倒很讲究，所以为东方旧文化的代表。对于具体的美术，不仅不提倡，反而竭力摧残，因此我们的工艺腐败到了极点。

　　欧战完了。地球上从前那层腐朽的外壳已经脱去了。往日所梦想不到的那些希望，现在也不知不觉的达到了。其中有一种反抗陋劣的生活的运动，也渐渐的萌芽了。欧美各国的人天天都在那里大声疾呼的鼓吹一种什么叫作国家美术（National Art）。他们都说无论哪一个国家，在现在这个二十世纪的时代——科学进步，美术发达的时代，都不应该甘心享受那种陋劣的、没有美术观念的生活，因为人之所以为人，全在有这点美术的观念。提倡美术就是尊重人格。照这样看来，只因为限于世界的潮流，我们中国从前那种顽固不通的、轻视美术的思想，已经应该破除殆尽了。况且从国内情形看起来，像中国这样腐败的工艺，这样腐败的教育，非讲求美术绝不能挽救的。现在把怎么挽救这两样东西的方法，同为什么要挽救它们的道理，稍微讲一讲，可见得美术不是空洞的，是有切实的建设力的。

振兴工艺的美术

纳斯根（John Ruskin）说："生命无实业是罪孽，实业无美术是兽性（Life without industry is guilt, industry without art is brutality）。"我们中国当宋明清富强的时期，美术最发达，各种工艺例如建筑、陶瓷、染织、刺绣、髹漆、同金玉雕刻，也很有成绩。只到清朝咸、同以后，美术凋零了，工艺也凋零了。社会的生活呈一种萎靡不振的病气。建房屋的、制家具的、造器皿的都是潦草塞责，完全失了他们从前做手艺的趣味。所制造出来的东西都是粗陋呆蠢到万分，令人看着，几乎要不相信这种工艺界从前还会有那一段光明的历史。所以现在要整顿工艺，当然不能不先讲求美术。

在没有讨论美术应该如何讲求的方法以前，我们先有一个问题要解决，就是我们要振兴工艺，是抱定一个什么目的。一国的工艺出产品，假设尽仗着国内的销行，是不中用的。最要紧是在出口的多才好。所以我们要讲振兴工艺，就得使我们的货在国外能够销行得多。这本是商学的定理，不待细讲。

我们从来没看见一个外国人不喜欢我们旧时的瓷器、陶器、铜锡器、丝织物、刺绣品、髹漆器、同金玉器的。质而言之，只要是纯粹的中国的工艺美术品，绝没有不受外国人的欢迎的。自然在我们自己的眼光看起来，这些东西都是很平常，总没有舶来品的新鲜。我们的工商界因此就以为中国货果然是不如外国货。于是拼命地仿效外国。把顶好的瓷品上涂了一点不中不西的蔷薇花，或是一双五色旗，就算是改良的了。一般绝无美术知识的人，居然就买它的，因为它很像洋式。哪晓得叫外国人看着，真要笑死了啊！我们常听见外国人讲，要买真正的中国东西。我们又常碰着外国人劝我们学我们自己的画，不要学西洋画。所以我们现在不想发达瓷业则已，要想发达瓷业，为什么不赶快恢复从前的宣霁、雍霁、乾霁、康熙美人霁种种的色釉，同从前所行的纯粹中国式的花彩——图案画或景物画，以便去迎合外国人的心理呢？只要我们的景德、醴陵、宜兴等窑的出产都能销到外国去，我们的利权就保住了。那时候，我们自己喜欢用东西洋瓷的只管去买真正的东西洋货，还要那些不中不外的假洋货干什么呢？这里所讲的不过挑瓷器一桩做个例，其余各种工艺，可以类推。

上边所讲的中国工艺美术的价值，恐怕有人还不相信。其实照美术学理上分析起来，是一点也不奇怪的。中国画重印象，不重写实，所以透视、光线都不讲。看起来是平坦的，是鸟眼的视景（Bird's eye View），是一幅图，不是画。但是印象的精神很足，所以美观还是存在。这种美观不是直接的天然的美，是间接的天然的美，因为美术家取天然的美，经他的脑筋制造一过，再表现出来。原形虽然失了，但是美的精神还在。这是中国美术的特点。装饰美术（Decorative Art）最合这种性质。所以中国从前的工艺很发达，也就是这种美术的结果。

我们近来喜欢讲保存国粹画，可不知道怎样保存的法子。"保存"两字不能看死了。凡是一件东西没有用处，就可以不必存在。假设国粹画是真好，我们就应当利用它。与其保存国粹不如利用国粹。利用是最妙的保存的方法。中国的美术要借工艺保存。中国的工艺要借美术发达。

中国人的美术知识还有一个大缺点，就是藐视图案画。装饰美术里边最要紧的一大部分就是图案画。我方才讲过了，中国美术最宜于装饰。中国图案画实在是特别的富于美观。但是图案画的一个名词，在中国画史上是没有的。我们所有的这种美术，全是寻常技师自出的心裁，没有经过学理的研究。我们寻常只知道六朝三大家同吴装的人物，南北两宗的山水，没骨体勾勒体的花鸟，同苏赵诸家的墨戏，就是中国的美术。哪里知道中国最有价值的美术家，还有历代造陶、瓷器、商嵌、七宝烧、景泰蓝的那些技师？更有谁知道什么制杂花夹缬的柳婕妤妹，制蜀锦的窦师纶，制神丝绣被的绣工上海顾氏，同漆工张成、杨茂？我们中国人既然有天赋的美术技能，再加上学理的研究，将来工艺的前途，谁能料定？可惜我们自暴自弃，只知道一味的学洋人，学又学不到家，弄得乌七八糟，岂不是笑话吗？日本人学西洋人，总算比我们学西洋人学得高明。但是他们现在也明白了他们自己的美术的价值，竭力提倡保存他们的国粹。我们中国的美术，比日本是怎么样？再不学乖，真是傻了。（未完）

黄 纸 条 告

　　万头攒动，接踵摩肩，挤在礼堂的赭色门前，好像庙会时候护国寺的香客们朝见佛爷似的；他们的馨香顶祝的热诚，即表现于那波涛澎湃的声潮里。"好极了！陡起来了！这个星期有好片子看了！"过路的人碰着这一团"触手可炙"的热气，他们的神经也被溶化了，他们的身体不觉流入这人群里，越流越多，赭色门前的大道竟遭人涛泛滥，断绝交通了，于是站岗的听差未免小起恐慌。

　　什么神通广大的魔力竟能绊住许多视线，捣烂许多神经？

　　一张方不满尺的鹅黄纸上，斜撑着几条黄子久欤石法的赤痕。这算是什么东西的图形？是锻铁的锤子？哪里？你瞧那鲜血淋漓；便知道是一把杀人的斧子。都错了，不是什么稀奇的玩意儿，是你我都有的那只手——你我当工匠最宝贵的工具。

　　慢着，你我的手是这样的吗？你瞧那里大书特书着三个日本式的隶体字"毒手盗"。"毒"，你我的手肯受这个头衔吗？你我的手肯替"盗"当经理吗？不！他是你我当工匠最宝贵的工具。

　　但是我们的手拒绝罪恶，我们的眼却欢迎他，眼把罪恶的图形进贡到脑宫里去，又使天心大悦，立刻喉、舌、唇收到圣旨、奏了这阕颂歌："好极了！好片子呀！……"

　　好片子？怎样好法？《黑衣盗》《毒手盗》，好盗，可敬可爱的盗，"飞弹走肉",杀人如同打鸟！

好片子,多谢你输入无量的新财宝到我们智囊里来了。若不是你的鸿赐,这些财宝,我们除非钻进地狱,哪能找得这样齐备？我们整星期囚在这"水木清华"的,但是平淡的世界里,多亏你常常饷以"五花十色,光怪陆离"的地狱的风光,我们的眼福不小。

不过我很怀疑假若你熟悉天堂的路,要领我们去那里游览,我们会不会一样的兴高采烈？

有人说不会。淫暴是我们兽族的鼻祖。遗风余韵,我们置身于古物陈列所里,谁不顾盼低徊,为之神往？所以喜入地狱是人情。但天堂是个新地方,我们没有去惯。

我说却不尽然。我引卜郎林（Browning）一句诗来申释我的意思。

Ah, but a man's reach should exceed his grasp. Or what's a heaven for?

悼 玮 德

　　这样一个不好炫耀，不肯盘剥自己的才力的青年作家，他的存在既没有十分被人注意，他的死亡在社会上谅也不算一件了不得的事。这现象谈不到什么公平不公平。

　　在作品的产出上既不曾以量胜人，在表襮自己的种种手法又不像操过一次心，结果，他受着社会的漠视，还不是应该的？玮德死了，寂寞地死了，在几个朋友的心上自然要永远留下一层寂寞的阴影，但除此以外，恐怕就没有什么了。历史上的定价是按成绩折算的。这人的成绩诚然已经可观了，但他前途的希望却远过于他的成绩。

　　"希望"在深知他的人看来，也许比成绩还可贵，但深知他又怎么着，你能凭这所谓"希望"者替他向未来争得一半个煊赫的地位吗？地位不地位，在玮德自己本是毫不介意的，（一个人生前尚不汲汲于求知，难道死后还会变节？）倒是我们从此永远看不到那希望形成灿烂的事实，我们自己的损失却大了。

　　玮德死了，我今天不以私交的情谊来哀悼他。在某种较广大的意义上，他的死更是我们的损失，更令我痛惜而深思。

　　国家的躯体残毁到这样，国家的灵魂又在悠久的文化的末路中喘息着。一个屠弱如玮德的文人恐怕是担不起执干戈以卫社稷的责任的，而这责任也不见得是从事文艺的人们最适宜的任务。但是为继续那残喘中的灵魂的工作设想，玮德无疑是合格的一员。我初次看见玮德的时候，便想起唐人的两句诗："几度见诗诗尽好，及观标格过于诗。"玮德的标格，我无以名之，最好借用一个时髦的话语来称它为"中国本位文化"的风度。时贤所提出的"本位文化"这名词，我不知道能否应用到物质建设上，但谈到文学艺术，则无论新到什么程度，总不能没有一个民族的本位精神存在于其中。可惜在目前这西化的狂热中，大家正为着模仿某国或某派的作风而忙得不可开交，文艺作家似乎还没有对这问题深切地注意过。即令注意到了，恐怕因为素养的限制一时也无从解决它。因为我所指的不是掇拾一两个旧诗词的语句来装点门面便可了事的。事情没有那样的简单。我甚至于可以说这事与诗词一类的东西无大关系。要的是对本国历史与文化的普遍而深刻的认识，与由这种认识而生的一种热烈的追怀，拿前人的语句来说，便是"发思古之幽情"。一个作家非有这种情怀，绝不足为他的文化的代言者。而一个人除非是他的文化代言者，又不足称为一个作家。我们既不能老恃着 Pearl Buck 在小说里写我们的农村生活，或一二准 Pearl Buck 在戏剧里写我们的学校生活，那么，这比小说戏剧还要主观，还要严重的诗，更不能不要道地的本国人，并且彻底地了解，真诚地爱慕"本位文化"的人来写它了。技术无妨西化，甚至可以尽量地西化，但本质和精神却要自己的。我这主张也许有人要说便是"中学为体，西学为用"。对了，我承认我对新诗的主张是旧到和张之洞一般。唯其如此，我才能爱玮德的标格，才极其重视他的前途。我并不是说玮德这样年轻的人，在所谓"中学"者上有了如何精深的造诣，但他对这方面的态度是正确的，而向这方面努力的意向绝是一天天地在加强。梦家有一次告诉我，说接到玮德从厦门来信，说是正在研究明史。

那是偶尔的兴趣的转移吗？但那转移是太巧了。和玮德一起作诗的朋友，如大纲原是治本国史的，毓棠是治西洋史的，近来兼致力于本国史，梦家现在也在从古文字中追求古史。何以大家都不约而同地走上一个方向？我期待着早晚新诗定要展开一个新局面，玮德和他这几位朋友便是这局面的开拓者。可是正当我在为新诗的远大的前途欣慰着的时候，玮德死了，这样早就摔下他的工作死了！我想到这损失的意义，更不能不痛惜而深思。

诗人的蛮横

　　孔子教小子，教伯鱼的话，正如孔子一切的教训，在这年头儿，都是犯忌讳的。依孔子的见解，诗的灵魂是要"温柔敦厚"的。但是在这年头儿，这四个字千万说不得，说出了，便证明你是个弱者。当一个弱者是极寒碜的事，特别是在这一个横蛮的时代。在这时代里，连诗人也变横蛮了，作诗不过是比较斯文的方法来施行横蛮的伎俩。我们的诗人早起听见鸟儿叫了几声，或是上万牲园逛了一逛，或是接到一封情书……你知道——或许他也知道这都不是什么了不得的事件，够不上为他们就得把安居乐业的人类都给惊动了。但是他一时兴会来了，会把这消息用长短不齐的句子分行写了出来，硬要编辑先生们给他看过几遍，然后又耗费了手民筋力给他排印了，然后又占据了上千上万的读者的光阴给他读完了，最末还要叫世界，不管三七二十一，承认他是一个天才。你看这是不是横蛮？并且他凭空加了世界这些担负，要是哪一方面——编辑，手民或读者——对他大意了一点，他便又要大发雷霆，骂这世界盲目，冷酷，残忍，蹂躏天才……这种行为不是横蛮是什么？再如果你好心好意对他这作品下一点批评，说他好，那固然算你没有瞎眼睛，你要是敢说了他半个坏字，那你可触动了太岁，他能咒到你全家都死尽了。试问这不是横蛮是什么？

　　我看如果诗人们一定要这样横蛮，这样骄纵，这样跋扈，最好早晚由政府颁布一个优待诗人的条例，请诗人们都带上平顶帽子，穿上灰色的制服（最好是粉红色的，那最合他们的身份）以表他们是属于享受特殊权利的阶级，并且仿造优待军人的办法，电车上，公园里，戏园里，……都准他们自由出入，让他们好随时随地寻求灵感。反正他们享受的权利已经不少了，政府不如卖一个面子，追认一下。但是我怕这一来，中园诗人一向的"温柔敦厚"之风会要永远灭绝了！

说　舞

一场原始的罗曼司

假想我们是在参加着澳洲风行的一种科罗泼利（Corro-Borry）舞。

灌木林中一块清理过的地面上，中间烧着野火，在满月的清辉下吐着熊熊的赤焰。现在舞人们还隐身在黑暗的丛林中从事化装。野火的那边，聚集着一群充当乐队的妇女。忽然林中发出一种坼裂声，紧跟着一阵沙沙的摩擦声——舞人们上场了。闯入火光圈里来的是三十个男子，一个个脸上涂着白垩，两眼描着圈环，身上和四肢画着些长的条纹。此外，脚踝上还系着成束的树叶，腰间围着兽皮裙。这时那些妇女已经面对面排成一个马蹄形。她们完全是裸着的。每人在两膝间绷着一块整齐的袋鼠皮。舞师呢，他站在女人们和野火之间，穿的是通常的袋鼠皮围裙，两手各执一棒。观众或立或坐的围成一个圆圈。

舞师把舞人们巡视过一遭之后，就回身走向那些妇女们。突然他的棒子一拍，舞人们就闪电般地排成一行，走上前来。他再视察一番，停了停等行列完全就绪了，就发出信号来，跟着他的木棒的拍子，舞人们的脚步移动了，妇女们也敲着袋鼠皮唱起歌来。这样，一场科罗泼利便开始了。

　　拍子愈打愈紧，舞人的动作也愈敏捷，愈活泼，时时扭动全身，纵得很高，最后一齐发出一种尖锐的叫声，突然隐入灌木林中去了。场上空了一会儿。等舞师重新发出信号，舞人们又再度出现了。这次除舞队排成弧形外，一切和从前一样。妇女们出来时，一面打着拍子，一面更大声地唱，唱到几乎嗓子都要裂了，于是声音又低下来，低到几乎听不见声音。歌舞的尾声和第一折相仿佛。第三、四、五折又大同小异地表演过了。但有一次舞队是分成四行的，第一行退到一边，让后面几行向前迈进，到达妇人们面前，变作一个由身体四肢交锁成的不可解的结，可是各人手中的棒子依然在飞舞着。你直害怕他们会打破彼此的头。但是你放心，他们的动作无一不遵守着严格的规律，绝不会出什么岔子的。这时情绪真紧张到极点，舞人们在自己的噪呼声中，不要命地顿着脚跳跃，妇女们也发狂似的打着拍子引吭高歌。响应着他们的热狂的，是那高烛云空的火光，急雨点似的噼啪地喷射着火光。最后舞师两臂高举，一阵震耳的掌声，舞人们退场了，妇女和观众也都一哄而散，抛下一片清冷的月光，照着野火的余烬渐渐熄灭了。

　　这就是一场澳洲的科罗泼利舞，但也可以代表各地域各时代任何性质的原始舞，因为它们的目的总不外乎下列这四点：（一）以综合性的形态动员生命，（二）以律动性的本质表现生命，（三）以实用性的意义强调生命，（四）以社会性的功能保障生命。

综合性的形态

　　舞是生命情调最直接，最实质，最强烈，最尖锐，最单纯而又最充足的表现。生命的机能是动，而舞便是节奏的动，或更准确点，有节奏的移易地点的动，所以它直是生命机能的表演。但只有在原始舞里才看得出舞的真面目，因为它是真正全体生命机能的总动员，它是一切艺术中最大综合性的艺术。它包有乐与诗歌，那是不用说的。它还有造型艺术，舞人的身体是活动的雕刻，身上的文饰是图案，这也都显而易见。所当注意的是，画家所想尽方法而不能圆满解决的光的效果，这里借野火的照明，却轻轻地抓住了。而野火不但给了舞光，还给了它热，这触觉的刺激更超出了任何其他艺术部门的性能。最后，原始人在舞的艺术中最奇特的创造，是那月夜丛林的背景对于舞场的一种镜框作用。由于框外的静与暗，和框内的动与明，发生着对照作用，使框内一团声音光色的活动情绪更为集中，效果更为强烈，借以刺激他们自己对于时间（动静）和空间（明暗）的警觉性，也便加强了自己生命的实在性。原始舞看来简单，唯其简单，所以能包含无限的复杂。

律动性的本质

上文说舞是节奏的动，实则节奏与动，并非二事。世间绝没有动而不成节奏的，如果没有节奏，我们便无从判明那是动。通常所谓"节奏"是一种节度整齐的动，节度不整齐的，我们只称之为"动"，或乱动，因此动与节奏的差别，实际只是动时节奏性强弱的程度上的差别。而并非两种性质根本不同的东西。上文已说过，生命的机能是动，而舞是有节奏的移易地点的动，所以也就是生命机能的表演。现在我们更可以明白，所谓表演与非表演，其间也只有程度的差别而已。一方面生命情绪的过度紧张，过度兴奋，以至成为一种压迫，我们需要一种更强烈，更集中的动，来宣泄它，和缓它。

一方面紧张兴奋的情绪，是一种压迫，也是一种愉快，所以我们也需要在更强烈，更集中的动中来享受它。常常有人讲，节奏的作用是在减少动的疲乏。诚然。但须知那减少疲乏的动机，是积极而非消极的，而节奏的作用是调整而非限制。因为由紧张的情绪发出的动是快乐，是可珍惜的，所以要用节奏来调整它，使它延长，而不致在乱动中轻轻浪费掉。其至这看法还是文明人的主观，态度还不够积极。节奏是为减轻疲乏的吗？如果疲乏是讨厌的，要不得的，不如干脆放弃它。放弃疲乏并不是难事，在那月夜，如果怕疲乏，躺在草地上对月亮发愣，不就完了吗？如果原始人真怕疲乏，就干脆没有舞那一套，因为无论怎样加以调整，最后疲乏总归是要来到的，不，他们的目的是在追求疲乏，而舞（节奏的动）是达到那目的最好的通路。一位著者形容新南威尔斯土人的舞说："……鼓声渐渐紧了，动作也渐渐快了。直至达到一种如闪电的速度。有时全体一跳跳到半空，当他们脚尖再触到地面时，那分开着的两腿上的肉腓，颤动得直使那白垩的条纹，看去好像蠕动的长蛇，同时一阵强烈的嘶嘶嘶声充满空中（那是他们的喘息声）。"非洲布须曼人的摩科马舞（Mokoma）更是我们不能想象的。"舞者跳到十分疲劳，浑身淌着大汗，口里还发出千万种叫声，身体做着各种困难的动作，以至一个一个地，跌倒在地上，浴在源源而出的鼻血泊中。因此他们便叫这种舞作'摩科马'，意即血的舞。"总之，原始舞是一种剧烈的，紧张的，疲劳性的动，因为只有这样他们才体会到最高限度的生命情调。

实用性的意义

西方学者每分舞为模拟式的与操练式的两种，这又是文明人的主观看法。二者在形式上既无明确的界线，在意义上尤其相同。所谓模拟舞者，其目的，并不如一般人猜想的，在模拟的技巧本身，而是在模拟中所得的那逼真的情绪。他们甚至不是在不得已的心情下以假代真，或在客观的真不可能时，乃以主观的真权当客观的真。他们所求的只是那能加强他们的生命感的一种提炼的集中的生活经验——一杯能使他们陶醉的醇醴而酷烈的酒。只要能陶醉，那酒是真是假，倒不必计较，何况真与假，或主观与客观，对他们本没有多大区别呢！他们不因舞中的"假"而从事于舞，正如他们不以巫术中的"假"而从事巫术。反之，正因他们相信那是真，才肯那样做，那样认真地做（儿童的游戏亦复如此）。既然因日常生活经验不够提炼与集中，才要借艺术中的生活经验——舞来获得一醉，那么模拟日常生活经验，就模拟了它的不提炼与集中，模拟得愈像，便愈不提炼，愈不集中，所以最彻底的方法，是连模拟也放弃了，而仅剩下一种抽象的节奏的动，这种舞与其称为操练舞，不如称为"纯舞"，也许还比较接近原始心理的真相。一方面，在高度的律动中，舞者自身得到一种生命的真实感（一种觉得自己是活着的感觉），那是一种满足。另一方面，观者从感染作用，也得到同样的生命的真实感，那也是一种满足，舞的实用意义便在这里。

社会性的功能

或由本身的直接经验（舞者），或由感染式的间接经验（观者），因而得到一种觉着自己是活着的感觉，这虽是一种满足，但还不算满足的极致。最高的满足，是感到自己和大家一同活着，各人以彼此的"活"互相印证，互相支持，使各人自己的"活"更加真实，更加稳固，这样满足才是完整的，绝对的。这群体生活的大和谐的意义，便是舞的社会功能的最高意义，由和谐的意识而发生一种团结与秩序的作用，便是舞的社会功能的次一等的意义。关于这点，高罗斯（Ernest Groose）讲得最好："在跳舞的白热中，许多参与者都混成一体，好像是被一种感情所激动而动作的单一体。在跳舞期间，他们是在完全统一的社会态度之下，舞群的感觉和动作正像一个单一的有机体。原始跳舞的社会意义全在乎统一社会的感应力。他们领导并训练一群人，使他们在一种动机，一种感情之下，为一种目的而活动（在他们组织散漫和不安定的生活状态中，他们的行为常被各个不同的需要和欲望所驱使）。它至少乘机介绍了秩序和团结给这狩猎民族的散漫无定的生活。除战争外，恐怕跳舞对于原始部落的人，是唯一的使他们觉着休戚相关的时机。它也是对于战争最好的准备之一，因为操练式的跳舞有许多地方相当于我们的军事训练。在人类文化发展上，过分估计原始跳舞的重要性，是一件困难的事。一切高级文化，是以各个社会成分的一致有秩序的合作为基础的，而原始人类却以跳舞训练这种合作"。舞的第三种社会功能更为实际。上文说过，主观的真与客观的真，在原始人类意识中没有明确的分野。在感情极度紧张时，二者尤易混淆，所以原始舞往往弄假成真，因而发生不少的暴行。正因假的能发生真的后果，所以他们常常因假的作为勾引真的媒介。许多关于原始人类战争的记载，都说是以跳舞开场的，而在我国古代，武王伐纣前夕的歌舞，即所谓"武宿夜"者，也是一个例证。

字 与 画

原始的象形文字，有时称为绘画文字，有时又称为文字画，这样含混的名词，对于字与画的关系，很容易引起误会，是应当辨明一下的。

一切文字，在最初都是象形的，换言之，都是绘画式的。反之，任何绘画都代表着一件事物，因此也便具有文字的作用。但是，绘画与文字仍然是两件东西，它们的外表虽然相似，它们的基本性质却完全两样。一幅图画在作者的本意上，绝不会变成一篇文字，除非它已经失去原来的目标，而仅在说明某种概念。绘画的本来目的是传达印象，而文字的本来目的是说明概念。要知道二者的区别，最好是看它们每方面所省略的地方。实际上便是最写实的绘画，对于所模拟的实物，也不能无所省略，文字更不用说了。往往为了经济和有效的双重目的起见，绘画所省略处正是文字所要保留的，反之，文字所省略处也正是绘画所要保留的。以现代澳洲为例，什么是纯粹的绘画，什么是文字性质的绘画，不但土人看来，一望而知，就在我们看来，也不容易混淆。在他们的绘画中，我们可以看到每一笔都证明作者的用意是在求对原物的真实和生动，但在他的文字性质的东西里，情形便完全不同。那些线与点只是代表事物概念的符号，而非事物本身的摹绘。

大体说来，绘画式的文字总比纯粹绘画简单些。但照上面所说的看来，绘画式的文字，却不是简化了的绘画。由此我们又可以推想，我们现在所见到刻在甲骨上的殷代象形文字，其繁简的程度，大概和更古时期的象形文字差不多。我们不能期望将来还有一批更富绘画意味的甲骨文字被发现。文字打头就只是文字——只是近似绘画的文字，而不是真正的绘画。

但是就中国的情形论，文字最初虽非十足的绘画，后来的发展却和绘画愈走愈近。这种发展的过程包括两个阶段，和绘画本身的发展过程完全相合。两个阶段（一）是装饰的，（二）是表现的。

离甲骨略后而几乎同时的铜器上的文字，往往比甲骨文字来得繁缛而更富于绘画意味，这些我从前以为在性质上代表着我国文字较早的阶段，现在才知道那意见是错的。镌在铜器上的铭辞和刻在甲骨上的卜辞，根本就是两种性质的东西。卜辞的文字是纯乎实用性质的记录，铭辞的文字则兼有装饰意味的审美功能。装饰自然会趋于繁缛的结构与更浓厚的绘画意味。沿着这个线路发展下来的一个极端的例，便是流行于战国时的一种鸟虫书，那几乎全是图案，而不是文字了。字体由篆隶变到行楷，字体本身的图案意味逐渐减少，可是它在艺术方面发展的途径不但并未断绝，而且和绘画拉拢得更紧，共同走到一个更高超的境界了。

以前在装饰的阶段中，字只算是半装饰的艺术，如今在表现的阶段中，它却成为一种纯表现的艺术了。以前作为装饰艺术的字，是以字来模仿画，那时画是字的理想。现在作为表现艺术的字，字却成了画的理想，画却要来模仿字。从艺术方面的发展看，字起初可说是够不上画，结果它却超过了画，而使画够不上它了。

字在艺术方面，究竟是仗了什么，而能有这样一段惊人的发展呢？理由很简单。字自始就不是如同画那样一种拘于形象的东西，所以能不受拘牵的发展到那种超然的境界。从装饰的立场看，字的地位一上手就比画高，所以字在前半段装饰的竞赛中吃亏的地方，正是它在后半段表现的竞赛中占便宜的地方。这一点也可以证明文字的本质与绘画不同，所同的只是表现的形式而已。

评论书画者常说起"书画同源"，实际上二者恐怕是异源同流。字与画只是近亲而已。因为相近，所以两方面都喜欢互相拉拢，起初是字拉拢画，后来是画拉拢字。字拉拢画，使字走上艺术的路，而发展成我们独特的艺术——书法。画拉拢字，使画脱离了画的常轨，而产生了我们这有独特作风的文人画。

诗 与 批 评

什么是诗呢？我们谁能大胆地说出什么是诗呢？我们谁敢大胆地决定什么是诗呢？不能！有多少人是曾对于诗发表过意见，但那意见不一定是合理的，不一定是真理；那是一种个人的偏见，因为是偏见，所以不一定是对的。但是，我们怎样决定诗是什么呢？我以为，来测度诗的不是偏见，应该是批评。

对于"什么是诗"的问题，有两种对立的主张：

有一种人以为："诗是不负责的宣传。"

另一种人以为："诗是美的语言。"

我们念了一篇诗，一定不会是白念的，只要是好诗，我们念过之后就受了他的影响；诗人在作品中对于人生的看法影响我们，对于人生的态度影响我们，我们就是接受了他的宣传。诗人用了文字的魔力来征服他的读者，先用了这种文字的魅力使读者自然地沉醉，自然地受了催眠，然后便自自然然地接受了诗人的意见，接受了他的宣传。这个宣传是有如何的效果呢？诗人不问这个，因为他的宣传是不负责的宣传。诗人在作品里所表示的意见是可靠的吗？这是不一定的，诗人有他自己的偏见，偏见是不一定对的。好些人把诗人比做疯子，疯子的意见怎么能是真理呢？实在，好些诗人写下了他们的诗篇，他并不想到有什么效果，他并不为了效果而写诗，他并不为了宣传而写诗，他是为写诗而写诗的；因之，他的诗就是一种不负责的东西了，不负责的东西是好的吗？这是一个很重要的问题，所以，第一种主张就侧重在这种宣传的效果方面，我想，这是一种对于诗的价值论者。

好些人念一篇诗时是不理会它的价值的，他只吟味于词句的安排，惊喜于韵律的美妙：完全折服于文字与技巧中。这种人往往以为他的态度仅止于欣赏，仅止于享受而已，他是为念诗而念诗。其实这是不可能的事，在文字与技巧的魅力上，你并不只享受于那份艺术的功力，你会被征服于不知不觉中，你会不知不觉地为诗人所影响，所迷惑。对于这种不顾价值，而只求感受舒适的人，我想他们是对于诗的效率论者。

这两种态度都不是对的。因为单独的价值论或是效率论都不是真理。我以为，从批评诗的正确的态度上说，是应该二者兼顾的。

柏拉图在他的《理想国》中赶走了诗人，因为他不满意诗人。他是一个极端的价值论者，他不满意于诗人的不负责的宣传。一篇诗作是以如何残忍的方式去征服一个读者。诗篇先以美的颜面去迷惑了一个读者，叫他沉迷于字面，音韵，旋律，叫他为了这些而奉献了自己，然而又以诗人的偏见生生烙印在读者的灵魂与感情上。然而这是一个如何残酷的烙印。——不负责的宣传已是诗的顶大的罪名了，我们很难有法子让诗人对于他的宣传负责（诗人是否能负责又是一个问题）。这样一来，为了防范这种不负责的宣传，我们是不是可以不要诗了呢？不行，我们觉得诗是非要不可，诗非存在不可的。

既然这样，所以我们要求诗是"负责的宣传"。我们要求诗人对他的作品负责，但这也许是不容易的事，因之，我们想得用一点外力，我们以社会使诗人负责。

负责的问题成为最重要的了，我们为了诗的光荣存在而辩护，所以不能不要求诗的宣传作用是负责的，是有利益于社会的。我们想，若是要知道这宣传是否负责而用新闻检查的方式，实在是可笑的，我们不能用检查去了解，我们要用批评去了解；目前的诗著是可用检查的方式限制的，但这限制至少对于古人是无用的；而且事实上有谁会想出这种类似焚书坑儒的事来折磨我们的诗人呢？我想应该不会。在苏联和别的些个什么国家用一种方法叫诗人负责，方法很简单，就是，拉着诗人的鼻子走，如同牵牛一样，政府派诗人做负责的诗，一个纪念，叫诗人作诗，一个建筑落成，叫诗人作诗，这样，好些"诗"是给写出来了，但结果，在这种方式下产生出来的作品，只是宣传品而不是诗了，既不是诗，宣传的力量也就小了或甚至没有了，最后，这些东西既不是诗又不是宣传品，则什么都不是了，我们知道马也可夫斯基写过诗，也写过宣传品，后来他自杀了，谁知道他为什么自杀呢？所以我想，拉着诗人的鼻子走的方式并不是好的方式。

　　政府可以指导思想的。但叫诗人负责，这不是政府做得到的；上边我说，我们需要一点外力，这外力不是发自政府，而是发自社会。我觉得去测度诗的是否为负责的宣传的任务不是检查所的先生完成得了的，这个任务，应该交给批评家。

　　每个诗人都有他独特的性格，作风，意见与态度，这些东西会表现在作品里。一个读者要只单选上一位诗人的东西读。也许不是有益而且有害的，因为，我们无法担保这个诗人是完全对的，我们一定要受他的影响，若他的东西有了毒，是则我们就中毒了。鸡蛋是一种良好的食品，既滋补而又可口，但据说吃多了是有毒的，所以我们不能天天只吃鸡蛋，我们要吃别的东西。

　　读诗也一样，我觉得无妨多读，从庞乱中，可以提取养料来补自己，我们可以读李白、杜甫、陶潜、李商隐、莎士比亚、但丁、雪莱，甚至其他的一切诗人的东西，好些作品混在一起，有毒的部分抵消了，留下滋养的成分；不负责的部分没有了，留下负责的成分。因为，我们知道凡是能够永远流传下去的东西差不多可以说是好的，时间和读者会无情地淘汰坏的作品。我以为我们可以有一个可靠的选本，让批评家精密地为各种不同的人选出适于他们的选本，这位批评家是应该懂得人生，懂得诗，懂得什么是效率，懂得什么是价值的这样一个人。

我以为诗是应该自由发展的。什么形式什么内容的诗我们都要。我们设想我们的选本是一个治病的药方，那么，里边可以有李白，有杜甫，有陶渊明，有苏东坡，有歌德，有济慈，有莎士比亚；我们可以假想李白是一味大黄吧，陶渊明是一味甘草吧，他们都有用，我们只要适当的配合起来，这个药方是可以治病的。所以，我们与其去管诗人，叫他负责，我们不如好好地找到一个批评家，批评家不单可以给我们以好诗，而且可以给社会以好诗。

历史是循环的，所以我现在想提到历史来帮助我们了解我们的时代，了解时代赋予诗的意义，了解我们批评诗的态度。封建的时代我们看得出只有社会，没有个人，《诗经》给他们一个证明。《诗经》的时代过去了，个人从社会里边站出来，于是我们发觉《古诗十九首》实在比《诗经》可爱，《楚辞》实在比《诗经》可爱。因为我们自己现在是个人主义社会里的一员，我们所以喜爱那种个人的表现，我们因之觉得《古诗十九首》比《诗经》对我们亲切。《诗经》的时代过去了之后，个人主义社会的趋势已经非常明显了。

而且实实在在就果然进到了个人主义社会，这时候只有个人，没有社会。个人是耽沉于自己的享乐，忘记社会，个人是觅求"效率"以增加自己愉悦的感受，忘记自己以外的人群。陶渊明时代有多少人过极端苦难的日子，但他不管，他为他自己写下他闲逸的诗篇。谢灵运一样忘记社会，为自己的愉悦而玩弄文字，——当我们想到那时别人的苦难，想着那幅流民图，我们实实在在觉得陶渊明与谢灵运之流是多么无心肝，多么该死，——这是个人主义发展到极端了，到了极端，即是宣布了个人主义的崩溃，灭亡。杜甫出来了，他的笔触到广大的社会与人群，他为了这个社会与人群而同其欢乐，同其悲苦，他为社会与人群而振呼。杜甫之后有了白居易，白居易不单是把笔濡染着社会，而且他为当前的事物提出他的主张与见解。诗人从个人的圈子走出来，从小我而走向大我，《诗经》时代只有社会，没有个人，再进而只有个人没有社会，进到这时候，已经是成为个人社会（1ndividual society）了。

到这里，我应提出我是重视诗的社会的价值了。我以为不久的将来，我们的社会一定会发展成为 Society of lndividual，Individual for Society（社会属于个人，个人为了社会）的。诗是与时代同其呼吸的，所以，我们时代不单要用效率论来批评诗，而更重要的是以价值论诗了，因为加在我们身上的将是一个新时代。

诗是要对社会负责了，所以我们需要批评。《诗经》时代何以没有批评呢？因为，那些作品都是负责的，那些作品没有"效率"，但有"价值"，而且全是"教育的价值"，所以不用批评了。（自然，一篇实在没有价值的东西也可以"说"得出价值来的，对这事我们可以不必论及了。）个人主义时代也不要批评，因为诗就只是给自己享受享受而已，反正大家标准一样，批评是多余的；那时候不论价值，因为效率就是价值。（诗话一类的书就只在谈效率，全不能算是批评。）但今天，我们需要批评，而且需要正确而健康的批评。

春秋时代是一个相当美好的时代，那时候政治上保持一种均势。孔子删诗，孔子对于诗作过最好的，最合理的批评。在《左传》上关于诗的批评我认为是对的：孔子注重诗的社会价值。自然，正确的批评是应该兼顾到效率与价值的。

从目前的情形看，一般都只讲求效率了，而忽视了价值，所以我要大声疾呼请大家留心价值。有人以为着重价值就会忽略了效率，就会抹杀了效率，我以为不会，这种担心是多余的。我们不要以为效率会被抹杀，只要看看普遍的情形。我们不是还叫读诗叫欣赏诗吗？我们不是还很重视于字句声律这些东西吗？社会价值是重要的，我们要诗成为"负责的宣传"，就非得着重价值不可，因为价值实在是被"忽视"了。

诗是社会的产物。若不是于社会有用的工具，社会是不要它的，诗人掘发出了这原料，让批评家把它做成工具，交给社会广大的人群去消化。所以原料是不怕多的，我们什么诗人都要，什么样诗都要，只要制造工具的人技术高，技术精。

我以为诗人有等级的，我们假设说如同别的东西一样分做一等二等三等，那么，杜甫应该是一等的，因为他的诗博大。有人说黄山谷（黄庭坚）、韩昌黎（韩愈）、李义山（李商隐）等都是从杜甫来的，那么杜甫是包罗了这么多"资源"，而这些资源大部是优良的美好的，你只念杜甫，你不会中毒；你只念李义山就糟了，你会中毒的，所以李义山只是二等诗人。陶渊明的诗是美的，我以为他诗里的资源是类乎珍宝一样的东西，美丽而没有用，是则陶渊明应在杜甫之下了。

所以，我们需要懂得人生，懂得诗，懂得什么是效率，懂得什么是价值的批评家为我们制造工具，编制选本。但是，谁是批评家呢？我不知道。

散文·杂文

画　　展

　　我没有统计过我们这号称抗战大后方的神经中枢之一的昆明，平均一个月有几次画展，反正最近一个星期里就有两次。重庆更不用说，恐怕每日都在画展中，据前不久从那里来的一个官说，那边画展热烈的情形，真令人咋舌。（不用讲，无论哪处，只要是画展，必是国画。）这现象其实由来已久，在我们的记忆中，抗战与风雅似乎始终是不可分离的，而抗战愈久，雅兴愈高，更是鲜明的事实。

　　一个深夜，在大西门外的道上，和一位盟国军官狭路当逢，于是攀谈起来了。他问我这战争几时能完，我说："这当然得问你。""好吧！"他爽快地答道，"老实告诉你，战争几时开始，便几时完结。"事后我才明白他的意思是说，只要他们真正开始反攻，日本是不值一击的。一个美国人，他当然有资格夸下这海口。但是我，一个中国人，尤其当着一个美国人面前，谈起战争，怎么能不心虚呢？我当时误会了他的意思，但我是爱说实话的。反正人家不是傻子，咱们的底细，人家心里早已是雪亮的，与其欲盖弥彰，倒不如自己先认了，所以我的答话是"战争几时开始？你们不是早已开始了吗？没开始的只是我们。"

　　对了，你敢说我们是在打仗吗？就眼前的事例说，一面是被吸完血的××编成"行尸"的行列，前仆后继的倒毙在街心，一面是"琳琅满目"，"盛况空前"的画展，你能说这不是一面在"奸污"战争，一面在逃避战争吗？

如果是真实而纯洁的战争，就不怕被正视，不，我们还要用钟爱的心情端详它，抚摩它，用骄傲的嗓音讴歌它。唯其战争是因被"奸污"而变成一个腐烂的，臭恶的现实，所以你就不能不闭上眼睛掩着鼻子，赶紧逃过，逃的愈远愈好，逃到"云烟满纸"的林泉丘壑里，逃到"气韵生动"的仕女前……

反之，逃得愈远，心境愈有安顿，也愈可以放心大胆让双手去制造血腥的事实。既然"立地成佛"有了保证，屠刀便不妨随时拿起，随时放下，随时放下，随时拿起。原来某一类说不得的事实和画展是互为因果的，血腥与风雅是一而二，二而一罢了。诚然，就个人说，成佛的不一定亲手使过屠刀，可是至少他们也是帮凶和窝户。如果是借刀杀人，让旁人担负使屠刀的劳力和罪名，自己干没了成佛的实惠，其居心便更不可问了。你自命读书明理的风雅阶级，说得轻点，是被利用，重点是你利用别人，反正你是逃不了责任的！

艺术无论在抗战或建国的立场下，都是我们应该提倡的，这点道理并不只你风雅人士们才懂得。但艺术也要看哪一种，正如思想和文学一样，它也有封建的与现代的，或复古的与前进的（其实也就是非人道的与人道的）之别。你若有良心，有魄力，并且不缺乏那技术，请站出来，学学人家的画家，也去当个随军记者，收拾点电网边和战壕里的"烟云"回来，或就在任何后方，把那"行尸"的行列速写下来，给我们认识认识点现实也好，起码你也该在随便一个题材里多给我们一点现代的感觉，八大山人，四王，吴恽，费晓楼，改七芗，乃至吴昌硕，齐白石那一套，纵然有他们的历史价值，在珂罗板片中也够逼真的了，用得着你们那笨拙的复制吗？在这复古气焰高涨的年代，自然正是你们扬眉吐气的时机。但是小心不要做了破坏民族战斗意志的奸细，和危害国家现代化的帮凶！记着我的话，最后裁判的日子必然来到，那时你们的风雅就是你们的罪状！

青　岛

　　海船快到胶州湾时，远远望见一点青，在万顷的巨涛中浮沉；在右边崂山无数柱奇挺的怪峰，会使你忽然想起多少神仙的故事。进湾，先看见小青岛，就是先前浮沉在巨浪中的青点，离它几里远就是山东半岛最东的半岛——青岛。簇新的、整齐的楼屋，一座一座立在小小山坡上，笔直的柏油路伸展在两行梧桐树的中间，起伏在山冈上如一条蛇。谁信这个现成的海市蜃楼，一百年前还是个荒岛？

　　当春天，街市上和山野间密集的树叶，遮蔽着岛上所有的住屋，向着大海碧绿的波浪，岛上起伏的青稍也是一片海浪，浪下有似海底下神人所住的仙宫。但是在榆树丛荫，还埋着十多年前德国人坚伟的炮台，深长的甬道里你还可以看见那些地下室，那些被毁的大炮飞机，和墙壁上血涂的手迹。——欧战时这儿剩有五百德国兵丁和日本争夺我们的小岛，德国人败了，日本的太阳旗曾经一时招展全市，但不久又归还了我们。在青岛，有的是一片绿林下的仙宫和海水泱泱的高歌，不许人想到地下还藏着十多间可怕的暗窟，如今全毁了。

　　堤岸上种植无数株梧桐，那儿可以坐憩，在晚上凭栏望见海湾里千万只帆船的桅杆，远近一盏盏明灭的红绿灯飘在浮标上，那是海上的星辰。沿海岸处有许多伸长的山角，黄昏时潮水一卷一卷来，在沙滩上飞转，溅起白浪花，又退回去，不厌倦的呼啸。天空中海鸥逐向渔舟飞，有时间在海水中的大岩石上，听那巨浪撞击着岩石激起一两丈高的水花。那儿再有伸出海面的栈桥，去站着望天上的云，海天的云彩永远是清澄无比的，夕阳快下山，西边浮起几道鲜丽耀眼的光，在别处你永远看不见的。

过清明节以后，从长期的海雾中带回了春色，公园里先是迎春花和连翘，成篱的雪柳，还有好像白亮灯的玉兰，软风一吹来就憩了。四月中旬，奇丽的日本樱花开得像天河，十里长的两行樱花，蜿蜒在山道上，你在树下走，一举首只见樱花绣成的云天。樱花落了，地下铺好一条花蹊。接着海棠花又点亮了，还有踯躅在山坡下的"山踯躅"，丁香，红端木，天天在染织这一大张地毡；往山后深林里走去，每天你会寻见一条新路，每一条小路中不知是谁创制的天地。

到夏季来，青岛几乎是天堂了。双驾马车载人到汇泉浴场去，男的女的中国人和十方的异客，戴了阔边大帽，海边沙滩上，人像小鱼一般，曝露在日光下，怀抱中是薰人的咸风。沙滩边许多小小的木屋，屋外搭着伞篷，人全仰天躺在沙上，有的下海去游泳，踩水浪，孩子们光着身在海滨拾贝壳。街路上满是烂醉的外国水手，一路上胡唱。

但是等秋风吹起，满岛又回复了它的沉默，少有人行走，只在雾天里听见一种怪木牛的叫声，人说木牛躲在海角下，谁都不知道在哪儿。

旅客式的学生

洋楼，电话，电灯，电铃，汽炉，自来水；体育馆，图书馆，售品所，"雅座"，电影；胡琴，洋笛，中西并奏，象棋，"五百"，夜以继日，厨房听差，应接不暇，汽车胶皮，往来如织——你看！好大一间清华旅馆！"只此一家""中外驰名"的旅馆！如何叫他的生意不发达呢？于是官僚来养病，留学生来候补差事，公子少爷们来等出洋——我说"等"出洋，不是预备出洋。旅馆的生意好了。掌柜的变大意了，瞧不起旅客了！旅客不肯受他的欺负，就闹起来要改良旅馆。诸位！想一想，你们旅客有什么权柄可以要求旅馆改良！你们爱住不住！你们改良了旅馆，于你们有什么利益？等到旅馆改良了，你们已经走了。

中国有一位文学家讲，"天地者万物之逆旅"。呸！这是什么话？中国的文化的退步，就是这般非人的思想的文学家的罪孽。人类是进化的。我们生到这个世界来，这个世界就是我们的。我们的天性叫我们把这个世界造成如花似锦的，所以我们遇着事，不论好坏，就研究，就批评，找出缺点，就改良。这是人的天性，没有这种天性，人不会从下等动物进化到现在的地位，失这种天性，社会就会退化到本来的地位。

我们把眼光放开看，我们是社会的一分子，学校是社会里一种组织，我们应该改良社会，就应从最切近的地方——我们的学校做起点。学校是我们的家——不是我们的旅馆。学校之中，学生是主体，职员、教员、校役都是客听。对于学校，我们不负责任，谁负责任呢？有人自视为世界的旅客，就失了做人的资格；有学生自视为学校的旅客，就失了做学生的资格。

旅客式的学生有这三种。对待他们的方法有四种。实行这四种方法，才是真正的改良。

（一）旅客式的少爷学生。贵胄子弟，自己可以出洋的，年纪太轻，不能立刻出洋，先要在本国等一等！但上了别的学校，又太吃苦了，只有清华旅馆里"百应俱全"，刚合少爷们的身份。所以他们除了打球，唱戏，"雅座"，售品所以外，不知道别的。对于功课，用"满不在乎"四字了结他。横竖他们是不靠毕业出洋的，他高兴几时走，就几时走。这种旅客式的学生，是人人承认的。

（二）旅客式的孩子学生。清华中等科的学生有住过高等小学的，有住过初等小学的，有住过幼稚园的，有什么也没有住，乳臭未干的婴儿，总之真正高小毕业，刚合中等科程度的有几个？这般同学，当然不能怪他们没有成人的思想。等他们毕了中等科的业，到高等一二年级，还是年纪很轻。就算到了成人的年岁，还脱不了孩子气。他们初进学校的目的，固然跟少爷学生不同，不过他们的行为跟少爷们一样的。他们年幼连自己本身都顾不了，还说别的吗？

（三）旅客式的书虫学生。有一般人本知道学校应该改良，但是出洋问题要紧。功课一急竞争激烈，每天点洋烛的工夫都不够，不用说别的。所以他们目击各种腐败的情形，也只好叹一口气道曰："没有法子！"这种学生，也是旅客式的学生。他们是读书的旅客，同那打球，唱戏，"雅座"，售品所的旅客，不过是臧与榖的比例。

以下是整顿旅客式的学生的方法。

第一种，旅客式的少爷学生可算是不可救药了。他们横竖不是来念书的。如果要住旅馆，他们有的是钱，六国饭店，比清华旅馆舒服得多呢。

第二种，对于旅客式的孩子学生，也没有别的办法。他们没有到上学的年纪，最好是不要来，免得他们的父母担忧。他们上学还要带听差来替他们铺床叠被，收检衣服；他们不会用功，还要请高等科的学生当他们的"指导员"。清华中等科不是幼稚园，高等科的学生，也不是来替人家管孩子的，这些幼稚园的儿童应该送到幼稚园里去。

第三种，旅客式的书虫学生，我们只好鼓励他们，劝他们，把读书的勇气，分一点到书本外头来。

第四种，在学生一方面，固然应当自己觉悟，打破这种旅客式的思想，但是学校一方面，也应当有一番整顿，使得那些旅客式的少爷、孩子们，不会混到学堂里来，并且同时解放这种玉成学生的奴隶性的积分制度，庶几学生不致把一切都牺牲到书卷本里去了。

复古的空气

近来在思想和文学艺术诸方面，复古的空气颇为活跃，这是值得注意的一个现象。就一般民众讲，文化是有惰性的，而农业社会尤其如此。几千年积下来的习惯和观念，几乎成了第二天性，骤然改动，是不舒服的。其实就这群浑浑噩噩的大众说，他们始终是在"古"中没有动过，他们未曾维新，还谈得到什么复古！我们所谓复古空气，自然是指知识和领导阶级说的。不过农民既几乎占我们人口百分之八十，少数的知识和领导阶级，不会不受他们的影响，所以谈到少数人的复古空气，首先不能不指出那作为他们的背景的大众。至于少数人之间所以发生这种空气，其原因与动机，可以分作四个类型来讲。

（一）一般地说来，复古倾向是一种心理上的自卫机能。自从与外人接触，在物质生活方面，发现事事不如人，这种发现所给予民族精神生活的担负，实在太重了。少数先天脆弱的心灵确乎给它压瘪了，压死了。多数人在这时，自卫机能便发生了作用。本来文学艺术以及哲学就有逃避现实的趋势，而中国的文学艺术与哲学尤其如此。

中国人现实方面的痛苦，这时正好利用它们来补偿。一想到至少在这些方面我们不弱于人，于是便有了安慰。说坏了，这是"鱼处于陆，相濡以湿，相嘘以沫"的自慰的办法。说好了，人就全靠这点不肯绝望的刚强性，才能够活下去，活着奋斗下去。这是紧急关头的一帖定心剂。虽不彻底，却也有些暂时的效用。代表这种心理的人，虽不太强，也不太弱，唯其自知是弱，所以要设法"自卫"，但也没有弱到连"自卫"意志都没有，所以还算相当的强，平情而论，这一类型的复古倾向，是未可厚非的。

（二）另一类型是带有报复意味的自尊心理，凡是与外人直接接触较多，自然也就是饱尝屈辱经验的人，一方面因近代知识较丰富，而能虚心承认自己落后，另一方面，因为往往是社会各部门的领袖，所以有他们应有的骄傲和自尊心，然责任又教他们不能不忍重负辱，那种矛盾心理的压迫是够他们受的。压迫愈大，反抗也愈大。一旦机会来了，久经屈辱的自尊心是知道图报复的，于是紧跟着以抗战换来的民族荣誉和国家地位，便是甚嚣尘上的复古空气。前一类型的心理说我们也有不弱于人的地方，这一类型的简直说我们比他们高。这些人本来是强者，自大是强者的本色，民族荣誉和国家地位也实在来得太突然，教人不能不迷惑。依强者们看来，一种自然的解释，是本来我们就不是不如人，荣誉和地位是我们应得的。诚然——但是那种趾高气扬的神情总嫌有些不够大方吧！

（三）第三个类型的复古，与其说是自尊，毋宁说是自卑，不少的外国朋友捧起中国来，直使我们茫然。要晓得西洋的人本性是浪漫好奇的，甚至是怪僻的，不料真有人盲从别人来捧自己，因而也大干起复古的勾当来，实在是这种复古以媚外的心理，也并不少见。

（四）如果第三种人是完全没有自己，第四种人便是完全为自己打算的。有的是以复古来掩饰自己不懂近代知识，多半的老先生们属于这一类，虽则其中少年老成的分子也不在少数。有的正相反，又以复古来掩饰自己不大懂线装书的内容，暴发户的"二毛子"属于这一类，虽则只读洋装书的堂堂学者们也有时未能免俗。至于有人专门搬弄些"假古董"在国际市场上吸收外汇，因而为对外推销的广告作用，不得不响应国内的复古运动，那就不好批评了。

复古的心理是分析不完的。大致说来，最显著的不外上述的四类型。其中有比较可取的，有居心完全不可问的。纯粹属于某一类的大概很少，通常是几种糅合错综起来的一个复杂体。说复古空气是最近新兴的现象，也不合事实。趋势早已在酝酿，不过最近似乎更表面化了一点。为什么最近才表面化？当然与抗战有关。历史在转向，转向时的心理是不会有平静。转得愈急，波动愈大，所以在这抗战期间，一面近代化的呼声最高，一面复古的空气也最浓厚。

就一般的人说，心理的波动，不足怪，但少数的知识和领导分子，却应该早已认清历史，拿定主义，游移虽不致改变历史，但是会延缓历史的进展，须知我们的时间和精力却不容浪费。

我们的民族和文化所以能存在到今天，自然有其生存的道理在，这道理并不像你所想的，在能保存古的，而是正相反，在能吸收新的。历史告诉我们，中国文化并不是一个单纯的，一成不变的文化，（如果是那样的，它就早完了。）最初东西夷夏两民族，分明代表着两个不同的文化。

如果你站在东方，以夷（殷人及东夷）为本位，那便是夷吸收了夏；如果站在西方，以夏（夏、周）为本位，那便是夏吸收了夷。但是这两个文化早已融合到一种程度，使得我们分辨不出谁是主，谁是客来。在血缘上，楚与北方夷夏两族的关系，究竟如何，现在还不知道。无论如何，在文化上，直至战国，他们还是被视为外国人的。逐渐的这一支文化也被吸收了，到了汉朝，南北又成了一家，分不出主客来。究竟谁是我们的"古"？严格地讲，殷的后裔孔子若要复古，文武周公就得除外，屈原若要复古，就得否认《三百篇》。从西周到战国，无疑是我们文化史中最光荣的一段，但从没有听说那时的人站在民族的立场上讲复古的。即便依你的说法，先秦北方的夷夏和南方的楚，在民族上还是一家，文化也不过是大同小异，不能和今天的情形相比。那么，打汉末开始的一整部佛教史又怎样呢？宋明人要讲复古，会有他们那"儒表佛里"的理学吗？会有他们那《西厢》《水浒》吗？还有一部清代的朴学史，也不能不承认是耶稣教士带来的西洋科学精神的赐予。以上都是极显而易见的历史事实，文化史上每放一次光，都是受了外来的刺激，而不是因为死抓着自己固有的东西。

　　不但中国如此，世界上多少文化都曾经因接触而交流，而放出异彩。凡是限于天然环境，不能与旁人接触，或有接触，而自己太傻太笨，不能，因此就不愿学习旁人的民族，没有不归于灭亡的。天然环境的限制，只要有决心，有勇气，还可以用人力来打开（例如我们的法显，玄奘，义净诸人的故事）。怕的是自己一味固执，不肯虚怀受善。其实哪里是不肯，恐怕还是不能、不会吧！如果是这种情形，那就惨了。我深信我们今天的情形，不属于这一类，然而我仍然有点不放心。佛教思想与老庄本就有些相近，让我们接受佛教思想，比较容易。今天来的西洋思想确乎离我们太远，是不是有人因望而生畏，索性就提倡复古以资抵抗呢？幸而今天喜欢嚷嚷孔学，和哼哼歪诗的人，究竟不算太多，而青年人尤其少。

　　我得强调的声明，民族主义我们是要的，而且深信是我们复兴的根本。但民族主义不该是文化的闭关主义。我甚至相信正因我们要民族主义，才不应该复古。老实说,民族主义是西洋的产物,我们的所谓"古"里,并没有这东西。谈谈孔学,做做歪诗,结果只有把今天这点民族主义的萌芽整个毁掉完事。其实一个民族的"古"是在他们的血液里,像中国这样一个有悠久历史的民族,要取消它的"古"的成分,并不太容易。难的倒是怎样学习新的,因为我们在上文已经提过,文化是有惰性的,而愈老的文化,惰性也愈大。克服惰性是一件难事啊!

有人说,你太傻了,你忘了"儒表佛里"的理学家的道统是从文武周公算起的,而不从释迦牟尼算起,接受西洋科学精神的朴学,仍旧称为汉学,而不称西学。内容无妨接受人家,外表还得是自己的。这是面子问题,而面子也不能不顾。今天的复古,也可以作如是观。我但愿自己太傻,然而我又担心拥护复古的人们和我一样的傻。傻到真正言行一致。

"五四"断想

旧的悠悠死去,新的悠悠生出,不慌不忙,一个跟一个,——这是演化。

新的已经来到,旧的还不肯去,新的急了,把旧的挤掉,——这是革命。

挤是发展受到阻碍时必然的现象,而新的必然是发展的,能发展的必然是新的,所以青年永远是革命的,革命永远是青年的。

新的日日壮健着(量的增长),旧的日日衰老着(量的减耗),壮健的挤着衰老的,没有挤不掉的,所以革命永远是成功的。

革命成功了,新的变成旧的,又一批新的上来了。旧的停下来拦住去路,说:"我是赶过路程来的,我的血汗不能白流,我该歇下来舒服舒服。"新的说:"你的舒服就是我的痛苦,你耽误了我的路程。"又把他挤掉,……如此,武戏接二连三的演下去,于是革命似乎永远"尚未成功"。

让曾经新过来的旧的,不要只珍惜自己的过去,多多体念别人的将来,自己腰酸腿痛,拖不动了,就赶紧让。"功成身退",不正是光荣吗?"后生可畏,焉知来者之不如今也"!这也是古训啊!

其实青年并非永远是革命的,"青年永远是革命"这定理,只在"老年永远是不肯让路的"这前提下才能成立。

革命也不能永远"尚未成功"。几时旧的知趣了,到时就功成身退,不致阻碍了新的发展,革命便成功了。

旧的悠悠退去,新的悠悠上来,一个跟一个,不慌不忙,哪天历史走上了演化的常轨，就不再需要变态的革命了。

但目前，我们还要用"挤"来争取"悠悠"，用革命来争取演化。"悠悠"是目的，"挤"是达到目的的手段。

于是又想到变与乱的问题。变是悠悠的演化，乱是挤来挤去的革命。若要不乱挤，就只得悠悠的变。若是该变而不变，那只有挤得你变了。

子在川上，曰："逝者如斯夫，不舍昼夜！"古训也发挥了变的原理。

八年的回忆与感想

说到联大的历史和演变,我们应追溯到长沙临时大学的一段生活。最初,师生们陆续由北平跑出,到长沙聚齐,住在圣经学校里,大家的情绪只是兴奋而已。记得教授们每天晚上吃完饭,大家聚在一间房子里,一边吃着茶,抽着烟,一边看着报纸,研究着地图,谈论着战事和各种问题。有时一个同事新从北方来到,大家更是兴奋地听他的逃难的故事和沿途的消息。大体上说,那时教授们和一般人一样只有着战争刚爆发时的紧张和愤慨,没有人想到战争是否可以胜利。既然我们被迫得不能不打,只好打了再说。人们只对于保卫某据点的时间的久暂,意见有些出入,然而即使是最悲观的也没有考虑到战事如何结局的问题。那时我们甚至今天还不大知道明天要做什么事。因为学校虽然天天在筹备开学,我们自己多数人心里却怀着另外一个幻想。我们脑子里装满了欧美现代国家的观念,以为这样的战争,一发生,全国都应该动员起来,自然我们自己也不是例外。于是我们有的等着政府的指示:或上前方参加工作,或在后方从事战时的生产,至少也可以在士兵或民众教育上尽点力,事实证明这个幻想终于只是幻想,于是我们的心理便渐渐回到自己岗位上的工作,我们依然得准备教书,教我们过去所教的书。

因为长沙圣经学校校舍的限制,我们文学院是指定在南岳上课的。在这里我们住的房子也是属于圣经学校的。这些房子是在山腰上,前面在我们脚下是南岳镇,后面往山里走,便是那探索不完的名胜了。

在南岳的生活，现在想起来，真有"恍如隔世"之感。那时物价还没有开始跳涨，只是在微微的波动着罢了。记得大前门纸烟涨到两毛钱一包的时候，大家曾考虑到戒烟的办法。南岳是个偏僻地方，报纸要两三天以后才能看到，世界注意不到我们，我们也就渐渐不大注意世界了，于是在有规则性的上课与逛山的日程中，大家的生活又慢慢安定下来。半辈子的生活方式，究竟不容易改掉，暂时的扰动，只能使它表面上起点变化，机会一来，它还是要恢复常态的。

讲到同学们，我的印象是常有变动，仿佛随时走掉的并不比新来的少，走掉的自然多半是到前线参加实际战争去的。但留下的对于功课多数还是很专心的。

抗战对中国社会的影响，那时还不甚显著，人们对蒋委员长的崇拜与信任，几乎是没有限度的。在没有读到史诺的《西行漫记》一类的书的时候，大家并不知道抗战是怎样起来的，只觉得那真是由于一个英勇刚毅的领导，对于这一个人，你除了钦佩，还有什么话可说呢！有一次，我和一位先生谈到国共问题，大家都以为西安事变虽然业已过去，抗战却并不能把国共双方根本的矛盾彻底解决，只是把它暂时压下去罢了，这个矛盾将来是可能又现出来的。然则应该如何永久彻底解决这矛盾呢？这位先生认为英明神圣的领袖，代表着中国人民的最高智慧，时机来了，他一定会向左靠拢一点，整个国家民族也就会跟着他这样做，那时左右的问题自然就不存在了。现在想想，中国的"真命天子"的观念真是根深蒂固！可惜我当时没有反问这位先生一句："如果领袖不向平安的方向靠，而是向黑暗的深渊里冲，整个国家民族是否也就跟着他那样做呢？"

但这在当时究竟是辽远的事情，当时大家争执得颇为热烈的倒是应否实施战时教育的问题。同学中一部分觉得应该有一种有别于平时的战时教育，包括打靶，下乡宣传之类。教授大都与政府的看法相同：认为我们应该努力研究，以待将来建国之用，何况学生受了训，不见得比大兵打得更好，因为那时的中国军队确乎打得不坏。结果是两派人各行其是，愿意参加战争的上了前线，不愿意的依然留在学校里读书。这一来，学校里的教育便变得单纯的为教育而教育，也就是完全与抗战脱节的教育。在这里，我们应该注意：并不是全体学生都主张战时教育而全体教授都主张平时教育，前面说过，教授们也曾经等待过征调，只因征调没有消息，他们才回头来安心教书的。有些人还到南京或武汉去向政府投效过，结果自然都败兴而返。至于在学校里，他们最多的人并不积极反对参加点配合抗战的课程，但一则教育部没有明确的指示，二则学校教育一向与现实生活脱节，要他们炮声一响马上就把教育和现实配合起来，又叫他们如何下手呢？

　　武汉情势日渐危急，长沙的轰炸日益加剧，学校决定西迁了。一部分男同学组织了步行团，打算从湖南经贵州走到云南。那一次参加步行团的教授除我之外，还有黄子坚，袁复礼，李继侗，曾昭抡等先生。我们沿途并没有遇到土匪，如外面所传说的。只有一次，走到一个离土匪很近的地方，一夜大家紧张戒备，然而也是一场虚惊而已。

　　那时候，举国上下都在抗日的紧张情绪中，穷乡僻壤的老百姓也都知道要打日本，所以沿途并没有作什么宣传的必要。同人民接近倒是常有的事，但多数人所注意的还是苗区的风俗习惯，服装、语言和名胜古迹，等等。

　　在旅途中同学们的情绪很好，仿佛大家都觉得上面有一个英明的领袖，下面有五百万勇敢用命的兵士抗战，反正是没有问题的。我们只希望到昆明后，有一个能给大家安心读书的环境，大家似乎都不大谈，甚至也不大想政治问题。有时跟辅导团团长为了食宿闹点别扭，也都是很小的事，一般说来，都是很高兴的。

到昆明后，文法学院到蒙自待了半年，蒙自又是一个世外桃源。到蒙自后，抗战的成绩渐渐露出马脚，有些被抗战打了强心针的人，现在，兴奋的情绪不能不因为冷酷的事实而渐渐低了。

在蒙自，吃饭对于我是一件大苦事，第一我吃菜吃得咸，而云南的菜淡得可怕，叫厨工每餐饭准备一点盐，他每每又忘记，我也懒得多麻烦，于是天天只有忍痛吃淡菜。第二，同桌是一群著名的败北主义者，每到吃饭时必大发其败北主义的理论，指着报纸得意扬扬说："我说了要败，你看吧！现在怎么样？"他们人多势众，和他们辩论是无用的。这样，每次吃饭对于我简直是活受罪。

云南的生活当然不如北平舒服。有些人的家还在北平，上海或是香港，他们离家太久，每到暑假当然想回去看看，有的人便在这时一去不返了。

等到新校舍筑成，我们搬回昆明。这中间联大有一段很重要的历史，就是在皖南事变时期，同学们在思想上分成了两个堡垒。那年我正休假，在晋宁县住了一年，所以校内的情形不大清楚，只听说有一部分同学离开了学校，但是后来又陆续回来了。

教授的生活在那时因为物价还没有显著的变化，并没有大变动。交通也比较方便，有的教授还常常回北平去看看家里的人。如刘崇鋐先生就回去过几次。

一般说来，先生和同学那时都注重学术的研究和学习，并不像现在整天谈政治，谈时事。

《中国之命运》一书的出版，在我一个人是一个很重要的关键。我简直被那里面的义和团精神吓一跳，我们的英明领袖原来是这样想法的吗？"五四"给我的影响太深，《中国之命运》公开的向"五四"宣战，我是无论如何受不了的。

大学的课程，甚至教材都要规定，这是陈立夫做了教育部长后才有的现象。这些花样引起了教授中普遍的反感。有一次教育部要重新"审定"教授们的"资格"，教授会中讨论到这问题，许多先生，发言非常愤慨，但，这并不意味着反对国民党的情绪。

联大风气开始改变，应该从三十三年算起，那一年政府改三月二十九日为青年节，引起了教授和同学们一致的愤慨。抗战期中的青年是大大的进步了，这在"一二·一"运动中，表现得尤其清楚。那几年同学中跑仰光赚钱的固然有，但那究竟是少数，并且这责任归根究底，还应该由政府来负。

这两年来，同学们对学术研究比较冷淡，确是事实，但人们因此而悲观，却是过虑。政治问题诚然是暂时的事，而学术研究是一个长期的工作。有些人主张不应该为了暂时的工作而荒废了永久的事业，初听这说法很有道理，但是暂时的难关通不过，怎能达到那永久的阶段呢？而且政治上了轨道，局势一安定下来，大家自然会回到学术里来的。

这年头愈是年青的，愈能识大体，博学多能的中年人反而只会挑剔小节，正常青年们昂起头来做人的时候，中年人却在黑暗的淫威面前屈膝了。究竟是谁应该向谁学习？想到这里，我觉得在今天所有的不合理的现象之中，教育，尤其大学教育，是最不合理的。抗战以来八九年教书生活的经验，使我整个的否定了我们的教育，我不知道我还能继续支持这样的生活多久，如果我真是有廉耻的话！

古典文学研究

杜 甫

引 言

　　明吕坤曰："史在天地，如形之景。人皆思其高曾也，皆愿睹其景。至于文儒之士，其思书契以降之古人，尽若是已矣。"数千年来的祖宗，我们听见过他们的名字，他们生平的梗概，我们仿佛也知道一点，但是他们的容貌、声音，他们的性情、思想，他们心灵中的种种隐秘——欢乐和悲哀，神圣的企望，庄严的愤慨，以及可笑亦复可爱的弱点或怪癖……我们全是茫然。我们要追念，追念的对象在哪里？要仰慕，仰慕的目标是什么？要崇拜，向谁施礼？假如我们是肖子肖孙，我们该怎样的悲恸，怎样的心焦！

　　看不见祖宗的肖像，便将梦魂中迷离恍惚的，捕风捉影，模拟出来，聊当瞻拜的对象——那也是没有办法的慰情的办法。我给诗人杜甫绘这幅小照，是不自量，是渎亵神圣，我都承认。因此工作开始了，马上又搁下了。一搁搁了三年，依然死不下心去，还要赓续，不为别的，只还是不奈何那一点"思其高曾，愿睹其景"的苦衷罢了。

　　像我这回捐起的工作，本来应该包括两层步骤，第一是分析，第二是综合。近来某某考证，某某研究，分析的工作作得不少了；关于杜甫，这类的工作，据我知道的却没有十分特出的成绩。我自己在这里偶尔虽有些零星的补充，但是，我承认，也不是什么大发现。我这次简直是跳过了第一步，来径直做第二步；这样作法，是不会有好结果的，自己也明白。好在这只是初稿，只要那"思其高曾，愿睹其景"的心情不变，永远那样的策励我，横竖以后还可以随时搜罗，随时拼补。目下我绝不敢说，这是真正的杜甫，我只说是我个人想象中的"诗圣"。

我们的生活如今真是太放纵了，太夸妄了，太杳小了，太龌龊了。因此我不能忘记杜甫；有个时期，华兹华斯也不能忘记弥尔敦，他喊——

> "Milton! thou should be living at this hour:
> England hath need of thee: she is a fen
> Of stagnant waters: alter sword, and pen,
> Fireside, the heroic wealth of hall and bower,
> Have forfeited their ancient English dower
> Of in ward happiness, We are selfish men:
> O raise US up, return to us again;
> And give us manners virtue freedom power."

一

当中一个雄壮的女子跳舞。四面围满了人山人海的看客。内中有一个四龄童子，许是骑在爸爸肩上，歪着小脖子，看那舞女的手脚和丈长的彩帛渐渐摇起花来了，看着，看着，他也不觉眉飞目舞，仿佛很能领略其间的妙绪。他是从巩县特地赶到郾城来看跳舞的。这一回经验定给了他很深的印象。

下面一段是他几十年后的回忆：

"㸌如羿射九日落，矫如群帝骖龙翔，来如雷霆收震怒，罢如江海凝清光。"

舞女是当代名满天下的公孙大娘。四岁的看客后来便成为中国有史以来第一个大诗人，四千年文化中最庄严、最瑰丽、最永久的一道光彩。四岁时看的东西，过了五十多年，还能留下那样活跃的印象，公孙大娘的艺术之神妙，可以想见，然而小看客的感受力，也就非凡了。

杜甫，字子美；生于唐玄宗先天元年（712年）；原籍襄阳，曾祖依艺作河南巩县县令，便在巩县住家了。子美幼时的事迹，我们不大知道。我们知道的，是他母亲死得早，他小时是寄养在姑母家里。他自小就多病。有一天可叫姑母为难了。儿子和侄儿都病着，据女巫说，要病好，病人非睡在东南角的床上不可；但是东南角的床铺只有一张，病人却有两个。老太太居然下了决心，把侄儿安顿在吉利的地方，叫自家的儿子填了侄儿的空子。想不到决心下了，结果就来了。子美长大了，听见老家人讲姑母如何让表兄给他替了死，他一辈子觉得对不起姑母。

早慧不算稀奇；早慧的诗人尤其多着。只怕很少的诗人开笔开得像我们诗人那样有重大的意义。子美第一次破口歌颂的，不是什么凡物。这"七龄思即壮，开口咏凤凰"的小诗人，可以说，咏的便是他自己。禽族里再没有比凤凰善鸣的，诗国里也没有比杜甫更会唱的。凤凰是禽中之王，杜甫是诗中之圣，咏凤凰简直是诗人自占的预言。从此以后，他便常常以凤凰自比；

（《凤凰台》《赤凤行》便是最明白的表示。）这种比拟，从现今这开明的时代看去，倒有一种特别恰当的地方。因为谈论到这伟大的人格，伟大的天才，谁不感觉寻常文字的无效？不，无效的还不只文字，你只顾呕尽心血来悬拟，揣测，总归是隔膜，那超人的灵府中的秘密，他的心情，他的思路，像宇宙的谜语一样，绝不是寻常的脑经所能猜透的。你只懂得你能懂的东西；因此，谈到杜甫，只好拿不可思议的比不可思议的。凤凰你知道是神话，是子虚，是不可能。可是杜甫那伟大的人格，伟大的天才，你定神一想，可不是太伟大了，伟大得可疑吗？上下数千年没有第二个杜甫（李白有他的天才，没有他的人格），你敢信杜甫的存在绝对可靠吗？一切的神灵和类似神灵的人物都有人疑过，荷马有人疑过，莎士比亚有人疑过，杜甫失了被疑的资格，只因文献，史迹，种种不容抵赖的铁证，一五一十，都在我们手里。

子美自弱冠以后，直到老死，在四方奔波的时候多，安心求学的机会很少。若不是从小用过一番苦功，这诗人的学力哪得如此的雄厚？生在书香门第，家境即使贫寒，祖藏的书籍总还够他餍饫的。从七八岁到弱冠的期间中，我们想象子美的生活，最主要的，不外作诗，作赋，读书，写擘窠大字，……无论如何，闲游的日子总占少数。（从七岁以后，据他自称，四十年中做了一千多首诗文；一千多首作品是要时候作的。）并且多病的身体当不起剧烈的户外生活，读书学文便自然成了唯一的消遣。他的思想成熟得特别早，一半固由于天赋，一半大概也是孤僻的书斋生活酿成的。在书斋里，他自有他的世界。他的世界是时间构成的；沿着时间的航线，上下三四千年，来往的飞翔，他沿路看见的都是圣贤、豪杰、忠臣、孝子、骚人、逸士——都是魁梧奇伟，温馨凄艳的灵魂。久而久之，他定觉得那些庄严灿烂的姓名，和生人一般的实在,而且渐渐活现起来了,于是他看得见古人行动的姿态,听得到古人歌哭的声音。甚至他们还和他揖让周旋,上下议论;他成了他们其间的一员。于是他只觉得自己和寻常的少年不同,他几乎是历史中的人物,他和古人的关系比和今人的关系密切多了。他是在时间里,不是在空间里活着。他为什么不那样想呢?这些古人不是在他心灵里活动,血脉里运行吗?他的身体不是从这些古人的身体分泌出来的吗?是的,那政事、武功、学术震耀一时的儒将杜预便是他的十三世祖;那宣言"吾文章当得屈、宋作衙官,吾笔当得王羲之北面"的著名诗人杜审言,便是他的祖父;他的叔父杜升是个为报父仇而杀身的十三岁的孝子;他的外祖母便是张说所称的那为监牢中的父亲"菲屦布衣,往来供馈,徒行颜色,伤动人伦"的孝女;他外祖母的兄弟,崔行芳,曾经要求给二哥代死,没有诏准,就同哥哥一起就刑了,当时称为"死悌"。你看他自己家里,同外家里,事业、文章、孝行、友爱,——立德、立功、立言的人物这样多;他翻开近代的史乘,等于翻开自己的家谱。这样读书,对于一个青年的身心,潜移默化的影响,定是不可限量的。难怪一般的少年,他瞧不上眼。他是一个贵族,不但在族望上,便论德行和智慧,他知道,也应该高人一等。所以他的朋友,除了书本里的古人,就是几个有文名的老前辈。要他同一般行辈相等的庸夫俗子混在一起,是办不到的。看看这一段文字,便可想见当时那不可一世的气概:

  性豪业嗜酒;嫉恶怀刚肠;脱略小时辈,结交皆老苍;饮酣视八极,俗物皆茫茫。

子美所以有这种抱负，不但因为他的血缘足以使他自豪，也不仅仅是他不甘自暴自弃；这些都是片面的，次要的理由。最要紧的，是他对于自己的成功，如今确有把握了。崔尚、魏启心一般的老前辈都比他作班固、扬雄；他自己仿佛也觉得受之无愧。十四五岁的杜二，在翰墨场中，已经是一个角色了。

这时还有一件事也可以增长一个人的兴致。从小摆不脱病魔的纠缠，如今摆脱了。这件事竟许是最足令人开心的。因为毕竟从前那种幽闭的书斋生活不大自然，只因一个人缺欠了健康，身体失了自由，什么都没有办法。如今健康恢复了，有了办法，便尽量的追回以前的积欠，当然是不妨的，简直是应该的。譬如院子里那几棵枣树，长得比什么树都古怪，都有精神，枝子都那样剑拔弩张的挺着，仿佛全身都是劲。一个人如今身体强了，早起在院子里走走，往往也觉得浑身是劲，忽然看见它们那挑衅的样子，恨不得拣一棵抱上去，和它摔一跤，决个雌雄。但是想想那举动又未免太可笑了。最好是等八月来，枣子熟了，弟妹们只顾要枣子吃；枣子诚然好吃，但是当哥哥的，尤其筋强力壮的哥哥，最得意的，不是吃枣子，是在那给弟妹们不断的供应枣子的任务。用竹篙子打枣子还不算本领。哥哥有本领上树，不信他可以试给他们看看。上树要上到最高的枝子，又得不让枣刺扎伤了手，脚得站稳了，还不许踩断了树枝；然后躲在绿叶里，一把把地洒下来；金黄色的，朱砂色的，红黄参半的枣子，花花刺刺的洒将下来，得让孩子们抢都抢不赢。上树的技术练高了，一天可以上十来次，棵棵树都要上到。最有趣的，是在树顶上站直了，往下一望；离天近，离地远，一切都在脚下，呼吸也轻快了，他忍不住大笑一声；那笑里有妙不可言的胜利的庄严和愉快。便是游戏，一个人的地位也要站得超越一点，才不愧是杜甫。

健康既经恢复了，年龄也渐渐大了，一个人不能老在家乡守着。他得看看世界。并且单为自己创作的前途打算，多少通都广邑，名山大川，也不得不瞻仰瞻仰。

二

大约在二十岁左右，诗人便开始了他的漂流的生活。三十五岁以前，是快意的游览（仍旧用他自己的比喻），便像羽翮初满的雏凤，乘着灵风，踏着彩云，往濛濛的长空飞去。他胁下只觉得一股轻松，到处有竹实，有醴泉，他的世界是清鲜，是自由，是无垠的希望，和薛雷的云雀一般，他是

An unbodied joy whose race is just begun.

三十五岁以后，风渐渐尖峭了，云渐渐恶毒了，铅铁的穹窿在他背上逼压着，太阳也不见了，他在风雨雷电中挣扎，血污的翎羽在空中缤纷的旋舞，他长号，他哀呼，唱得越急切，节奏越神奇，最后声嘶力竭，他卸下了生命，他的挫败是胜利的挫败，神圣的挫败。他死了，他在人类的记忆里永远留下了一道不可逼视的白光；他的音乐，或沉雄，或悲壮，或凄凉，或激越，永远，永远是在时间里颤动着。

子美第一次出游是到晋地的郇瑕（今山西猗氏县），在那边结交的人物，我们知道的，有韦之晋。此后，在三十五岁以前，曾有过两次大举的游历：第一次到吴、越，第二次到齐、赵。两度的游历，是诗人创作生活上最需要的两种精粹而丰富的滋养。在家乡，一切都是单调、平凡，青的天笼盖着

黄的地，每隔几里路，绿杨藏着人家，白杨翳着坟地，分布得驿站似的呆板。土人的生活也和他们的背景一样的单调。我们到过中州的人都知道那是个什么样的去处；大概从唐朝到现在是不会有多少进步的。从那样的环境，一旦踏进山明水秀的江南。风流儒雅的江南，你可以想象他是怎样的惊喜。我们还记得当时和六朝，好比今天和昨日；南朝的金粉，王、谢的风流，在那里当然还留着够鲜明的痕迹。江南本是六朝文学总汇的中枢。他读过鲍、谢、江、沈、阴、何的诗，如今竟亲历他们歌哭的场所，他能不感动吗？何况重重叠叠的历史的舞台又在他眼前。剑池、虎邱、姑苏台、长洲苑、太伯的遗庙、阖闾的荒冢，以及钱塘、剡溪、鉴湖、天姥——处处都是陈迹、名胜，处处都足以促醒他的回忆，触发他的诗怀。我们虽没有他当时纪游的作品，但是诗人的得意是可以猜到的。美中不足的只是到了姑苏，船也办好了，都没有浮着海。仿佛命数注定了今番只许他看到自然的秀丽，清新的面相；长洲的荷香，镜湖的凉意，和明眸皓齿的耶溪女……都是他今回的眼福；但是那瑰奇雄健的自然，须得等四五年后游齐、赵时，才许他见面。

  在叙述子美第二次出游以前，有一件事颇有可纪念的价值，虽则诗人自己并不介意。

  唐代取士的方法分三种——生徒、贡举、制举。已经在京师各学馆，或州县各学校成业的诸生，送来尚书省受试的，名曰生徒；不从学校出身，而先在州县受试，及第了，到尚书省应试的，名曰贡举。以上两种是选士的常法。此外，每多少年，天子诏行一次，以举非常之士，便是制举。开元二十三年（736年）子美游吴、越回来，挟着那"气劘屈、贾垒，目短曹、刘墙"的气焰应贡举，县试成功了，在京兆尚书省一试，却失败了。结果没有别的，只是在够高的气焰上又加了一层气焰。功名的纸老虎如今被他揭穿了。果然，他想，真正的学问，真正的人才，是功名所不容的。也许这次下第，不但不能损毁，反足以抬高他的身价。可恨的许只是落第落在名职卑微的考功郎手里，未免叫人丧气。当时士林反对考功郎主试的风潮酝酿得一天比一天紧，在子美"忤下考功第"的明年，果然考功郎吃了举人的辱骂，朝廷从此便改用侍郎主试。

　　子美下第后八九年之间，是他平生最快意的一个时期，游历了许多名胜，接交了许多名流。可惜那期间是他命运中的朝曦，也是夕照，那几年的经历是射到他生命上的最始和最末的一道金辉；因为从那以后，世乱一天天的纷纭，诗人的生活一天天的潦倒，直到老死，永远闯不出悲哀、恐怖和绝望的环攻。但是末路的悲剧不忙提起，我们的笔墨不妨先在欢笑的时期多流连一会儿，虽则悲惨的下文早晚是要来的。

　　开元二十四五年之间，子美的父亲——闲——在兖州司马任上，子美去省亲，乘便游历了兖州、齐州一带的名胜，诗人的眼界于是更加开阔了。这地方和家乡平原既不同，和秀丽的吴、越也两样。根据书卷里的知识，他常常想见泰山的伟大和庄严，但是真正的岱岳，那"造化钟灵秀，阴阳割昏晓"的奇观，他没有见过。这边的湍流、峻岭、丰草、长林都另有一种他最能了解，却不曾认识过的气魄。在这里看到的，是自然的最庄严的色相。唯有这边自然的气势和风度最合我们诗人的脾胃，因为所有磅礴郁结在他胸中的，自然已经在这景物中说出了；这里一丘一壑，一株树，一朵云，都能引起诗人的共鸣。他在这里勾留了多年，直变成了一个燕、赵的健儿；慷慨悲歌、沉郁顿挫的杜甫，如今发现了他的自我。过路的人往往看见一行人马,带着弓箭旗枪,驾着雕鹰,牵着猎狗,望郊野奔去。内中头戴一顶银盔,脑后斗大一颗红缨,全身铠甲,跨在马上的,便是监门胄曹苏预(后来避讳改名源明),在他左首并辔而行的,装束略微平常,双手横按着长槊,却也是英风爽爽的一个丈夫,便是诗人杜甫。两个少年后来成了极要好的朋友。这回同着打猎的经验,子美永远不能忘记,后来还供给了《壮游》诗一段有声有色的文字:

> 春歌丛台上,冬猎青丘旁;呼鹰皂枥林,逐兽云雪冈;
> 射飞曾纵鞚,引臂落鹜鸽。苏侯据鞍喜,忽如携葛强。

原来诗人也学得了一手好武艺!

这时的子美,是生命的焦点,正午的日曜,是力,是热,是锋棱,是夺目的光芒。他这时所咏的《房兵曹胡马》和《画鹰》恰好都是自身的写照。我们不能不腾出篇幅,把两首诗的全文录下。

> 胡马大宛名,锋棱瘦骨成,竹批双耳峻,风入四蹄轻;
> 所向无空阔,真堪托死生。骁腾有如此,万里可横行。
> ——(《房兵曹胡马》)

> 素练风霜起,苍鹰画作殊,𢥠身思狡兔,侧目似愁胡,
> 绦镟光堪摘,轩楹势可呼。何当击凡鸟,毛血洒平芜!
> ——(《画鹰》)

这两首和稍早的一首《望岳》都是那时期里最重要的代表作品，实在也奠定了诗人全部创作的基础。诗人作风的倾向，似乎是专等这次游历来发现的；齐、赵的山水，齐、赵的生活，是几天的骄阳接二连三的逼成了诗人天才的成熟。

灵机既经触发了，弦音也已校准了，从此轻拢慢捻，或重挑急抹，信手弹去，都是绝调。艺术一天进步一天，名声也一天大一天。从齐、赵回来，在东都（今洛阳）住了两三年，城南首阳山下的一座庄子，排场虽是简陋，门前却常留着达官贵人的车辙马迹。最有趣的是，那一天门前一阵车马的喧声，顿时老苍头跑进来报道贵人来了。子美倒屣出迎；一位道貌盎然的斑白老人向他深深一揖，自道是北海太守李邕，久慕诗人的大名，特地来登门求见。北海太守登门求见，与诗人相干吗？世俗的眼光看来，一个乡贡落第的穷书生家里来了这样一位阔客人，确乎是荣誉，是发迹的吉兆。但是诗人的眼光不同。他知道的李邕，是为追谥韦巨源事，两次驳议太常博士李处和声援宋琼，弹劾谋反的张昌宗弟兄的名御史李邕——是碑版文字，散满天下，并且为要压倒燕国公的"大手笔"，几乎牺牲了性命的李邕——是重义轻财，卑躬下士的李邕。这样一位客人来登门求见，当然是诗人的荣誉；所以"李邕求识面"可以说是他生平最得意的一句诗。结识李邕在诗人生活中确乎要算一件有关系的事。李邕的交游极广，声名又大，说不定子美后来的许多朋友，例如李白、高适诸人，许是由李邕介绍的。

三

　　写到这里，我们该当品三通画角，发三通擂鼓，然后提起笔来蘸饱了金墨，大书而特书。因为我们四千年的历史里，除了孔子见老子（假如他们是见过面的）没有比这两人的会面，更重大，更神圣，更可纪念的。我们再逼紧我们的想象，譬如说，青天里太阳和月亮走碰了头，那么，尘世上不知要焚起多少香案，不知有多少人要望天遥拜，说是皇天的祥瑞。如今李白和杜甫——诗中的两曜，劈面走来了，我们看去，不比那天空的异瑞一样的神奇，一样的有重大的意义吗？所以假如我们有法子追究，我们定要把两人行踪的线索，如何拐弯抹角，时合时离，如何越走越近，终于两条路线会合交叉了——统统都记录下来。假如关于这件事，我们能发现到一些翔实的材料，那该是文学史里多么浪漫的一段掌故！可惜关于李、杜初次的邂逅，我们知道的一成，不知道的九成。我们知道天宝三载三月，太白得罪了高力士，放出翰林院之后，到过洛阳一次。当时子美也在洛阳。两位诗人初次见面，至迟是在这个当儿。至于见面时的情形，在什么时候，什么地方，也许是李邕的筵席上，也许是洛阳城内一家酒店里，也许……但这都是可能范围里的猜想，真确的情形，恐怕是永远的秘密。

　　有一件事我们却拿得稳是可靠的。子美初见太白所得的印象，和当时一般人得的，正相吻合。司马子微一见他，称他"有仙风道骨，可与神游八极之表"；贺知章一见，便呼他作"天上谪仙人"，子美集中第一首《赠李白》诗，满纸都是企羡登真度此的话，假定那是第一次的邂逅，第一次的赠诗，那么，当时子美眼中的李十二，不过一个神采趣味与常人不同，有"仙风道骨"的人，一个可与"相期拾瑶草"的侣伴，诗人的李白没有在他脑中镌上什么印象。到第二次赠诗，说"未就丹砂愧葛洪，"回头就带着讥讽的语气问：

　　痛饮狂歌空度日，飞扬跋扈为谁雄？

　　依然没有谈到文字。约莫一年以后，第三次赠诗，文字谈到了，也只轻轻的两句"李侯有佳句，往往似阴铿，"不是什么了不得的恭维，可是学仙的话一概不提了。或许他们初见时，子美本就对于学仙有了兴味，所以一见了"谪仙人"，便引为同调；或许子美的学仙的观念完全是太白的影响。无论如何，子美当时确是做过那一段梦——虽则是很短的一段；说"苦无大药资，山林迹如扫"；说"未就丹砂愧葛洪"。起码是半真半假的心话。东都本是商贾贵族蜂集的大城，廛市的繁华，人心的机巧，种种城市生活的罪恶，我们明明知道，已经叫子美腻烦，厌恨了；再加上当时炼药求仙的风气正盛，诗人自己又正在富于理想的、如火如荼的浪漫的年华中——在这种情势之下，萌生了出世的观念，是必然的结果。只是杜甫和李白的秉性根本不同：李白的出世，是属于天性的，出世的根性深藏在他骨子里，出世的风神披露在他容貌上；杜甫的出世是环境机会造成的念头，是一时的愤慨。两人的性格根本是冲突的。太白笑"尧舜之事不足惊"，子美始终要"致君尧舜上"。因此两人起先虽觉得志同道合，后来子美的热狂冷了，便渐渐觉得不独自己起先的念头可笑，连太白的那种态度也可笑了；临了，念头完全抛弃，从此绝口不提了。到不提学仙的时候，才提到文字，也可见当初太白的诗不是不足以引起子美的倾心，实在是诗人的李白被仙人的李白掩盖了。

东都的生活果然是不能容忍了，天宝四载夏天，诗人便取道如今开封归德一带，来到济南。在这边，他的东道主，便是北海太守李邕。他们常时集会，宴饮，赋诗；集会的地点往往在历下亭和鹊湖边上的新亭。在座的都是本地的或外来的名士；内中我们知道的还有李邕的从孙李之芳员外，和邑人蹇处士。竟许还有高适，有李白。

是年秋天太白确乎是在济南。当初他们两人是否同来的，我们不晓得；我们晓得他们此刻交情确是很亲密了，所谓"醉眠秋共被，携手日同行。"便是此时的情况。太白有一个朋友范十，是位隐士，住在城北的一个村子上。门前满是酸枣树，架上吊着碧绿的寒瓜，瀺瀺的白云镇天在古城上闲卧着——俨然是一个世外的桃源；主人又殷勤；太白常常带子美到这里喝酒谈天。星光隐约的瓜棚底下，他们往往谈到夜深人静，太白忽然对着星空出神，忽然谈起从前陈留采访使李彦如何答应他介绍给北海高天师学道箓，话说过了许久，如今李彦许早忘记了，他可是等得不耐烦了。子美听到那类的话，只是唯唯否否；只等话头转到时事上来例如贵妃的骄奢，明皇的昏聩，以及朝里朝外的种种险象，他的感慨才潮水般的涌来。两位诗人谈着话，叹着气，主人只顾忙着筛酒，或许他有意见不肯说出来，或许压根儿没有意见。（未完）

文学的历史动向

人类在进化的途程中蹒跚了多少万年，忽然这对近世文明影响最大最深的四个古老民族——中国、印度、以色列、希腊——都在差不多同时猛抬头，迈开了大步。约当纪元前一千年左右，在这四个国度里，人们都歌唱起来，并将他们的歌记录在文字里，给流传到后代。在中国，《三百篇》里最古部分——《周颂》和《大雅》，印度的《黎俱吠陀》（Rig-Veda，）《旧约》里最早的《希伯来诗篇》，希腊的《伊利亚特》（Iliad）和《奥德赛》（Odyssey）——都约略同时产生。再过几百年，在四处思想都醒觉了，跟着比较可靠的历史记载的出现，从此，四个文化，在悠久的年代里，起先是沿着各自的路线，分途发展，不相闻问，然后，慢慢地随着文化势力的扩张，一个个地胳臂碰上了胳臂，于是吃惊，点头，招手，交谈，日子久了，也就交换了观念思想与习惯。最后，四个文化慢慢地都起着变化，互相吸收，融合，以至总有那么一天，四个的个别性渐渐消失，于是文化只有一个世界的文化。这是人类历史发展的必然路线，谁都不能改变，也不必改变。

上文说过，四个文化猛进的开端都表现在文学上，四个国度里同时进出歌声。但那歌的性质并非一致的。印度、希腊，是在歌中讲着故事，他们那歌是比较近乎小说戏剧性质的，而且篇幅都很长，而中国、以色列则都唱着以人生与宗教为主题的较短的抒情诗。中国与以色列许是偶同，印度与希腊都是雅利安种人，说着同一系统的语言，他们唱着性质比较类似的歌，倒也不足怪。

中国，和其余那三个民族一样，在他开宗第一声歌里，便预告了他以后数千年间文学发展的路线。《三百篇》的时代，确乎是一个伟大的时代，我们的文化大体上是从这一刚开端的时期就定型了。文化定型了，文学也定型了，从此以后两千年间，诗——抒情诗，始终是我们文学的正统的类型，甚至除散文外，它是唯一的类型，赋、词、曲，是诗的支流，一部分散文，如赠序、碑志等，是诗的副产品，而小说和戏剧又往往以各自不同的方式夹杂些诗。诗，不但支配了整个文学领域，还影响了造型艺术，它同化了绘画，又装饰了建筑（如楹联、春帖等）和许多工艺美术品。

诗似乎也没有在第二个国度里，像它在这里发挥过的那样大的社会功能。在我们这里，一出世，它就是宗教，是政治，是教育，是社交，它是全面的生活。维系封建精神的是礼乐，阐发礼乐意义的是诗，所以诗支持了那整个封建时代的文化。此后，在不变的主流中，文化随着时代的进行，在细节上曾多少发生过一些不同的花样。诗，它一面对主流尽着传统的呵护的职责，一方面仍给那些新花样忠心的服务。最显著的例是唐朝。那是一个诗最发达的时期，也是诗与生活拉拢得最紧的一个时期。

从西周到春秋中期，从建安到盛唐，这中国文学史上两个最光荣的时期，都是诗的时期。两个时期各个拖着一条姿势稍异，但同样灿烂的尾巴，前者是《楚辞》《汉赋》，后者是五代宋词，而这辞赋与词还是诗的支流。然则从西周到宋，我们这大半部文学史，实质上只是一部诗史。但是诗的发展到北宋实际也就完了。南宋的词已经是强弩之末。就诗本身说，连尤、杨、范、陆和稍后的元遗山似乎都是多余的，重复的，以后的更不必提了。我们只觉得明清两代关于诗的那许多运动和争论都是无谓的挣扎。每一度挣扎的失败，无非重新证实一遍那挣扎的徒劳无益而已。本来从西周唱到北宋，足足两千年的工夫也够长的了，可能的调子都已唱完了。到此，中国文学史可能不必再写，假如不是两种外来的文艺形式——小说与戏剧，早在旁边静候着，准备届时上前来"接力"。是的，中国文学史的路线南宋起便转向了，从此以后是小说戏剧的时代。

　　故事与雏形的歌舞剧，以前在中国本土不是没有，但从未发展成为文学的部门。对于讲故事，听故事，我们似乎一向就不大热心。不是教诲的寓言，就是纪实的历史，我们从未养成单纯的为故事而讲故事、听故事的兴趣。我们至少可说，是那充满故事兴味的佛典之翻译与宣讲，唤醒了本土的故事兴趣的萌芽，使它与那较进步的外来形式相结合，而产生了我们的小说与戏剧。故事本是民间的产物，不用讳言，它的本质是低级的。（便在小说戏剧里，过多的故事成分不也当悬为戒条吗？）正如从故事发展出来的小说戏剧，其本质是平民的，诗的本质是贵族的，要晓得它们之间距离很大，而距离是会孕育恨的。所以我们的文学传统既是诗，就不但是非小说戏剧的，而且推到极端，可能还是反小说戏剧的。若非宗教势力带进来那点新鲜刺激，而且自己的歌实在也唱到无可再唱的了，我们可能还继续产生些《韩非·说储》，或《燕丹子》一类的故事和《九歌》一类的雏形歌舞剧，但是，元剧和章回小说绝不会有。然而本土形式的花开到极盛，必归于衰谢，那是一切生命的规律，而两个文化波轮由扩大而接触而交织，以致新的异国形式必然要闯进来,也是早经历史命运注定了的。异国形式也许早就来到了,早到起码是汉朝佛教初输入的时候,你可以在几百年中不注意它,等到注意了之后,还可以延宕,踌躇个又一度几百年;直到最后,万不得已的,这才死心塌地,接受了吧!但那只是迟早问题。反正自己的花无法再开,那命数你得承认。新的种子从外面来到,给你一个再生的机会,那是你的福分。你有勇气接受它,是你的聪明,肯细心培植它,是有出息,结果居然开出很不寒碜的花朵来,更足以使你自豪!

第一度外来影响刚刚扎根,现在又来了第二度的。第一度佛教带来的印度影响是小说戏剧,第二度基督教带来的欧洲影响又是小说戏剧(小说戏剧是欧洲文学的主干,至少是特色),你说这是碰巧吗?

不然。欧洲文化正如它的鼻祖希腊文化一样,和印度文化往大处看,还不是一家?这样说来,在这两度异乡文化东渐的阵容中,印度不过是欧洲的头,欧洲是印度的尾而已。就文化接触的全盘局势来看,头已进来,尾的迟早必需来到,应该也是早已料到的事。第一度外来影响,已经由扎根而开花了,但还不算开到最茂盛的地步,而本土的旧形式,自从枯萎后,还不见再荣的迹象,也实在没有再荣的理由。现在第二度外来影响,又与第一度同一种类,毫无问题,未来的中国文学还要继续那些伟大的元明清人的方向,在小说戏剧的园地上发展。待写的一页文学史,必然又是一段小说戏剧史,而且较向前的一段,更为热闹,更为充实。

但在这新时代的文学动向中,最值得揣摩的,是新诗的前途。你说,旧诗的生命诚然早已结束,但新诗——这几乎是完全重新再做起的新诗,也没有生命吗?对了,除非它真能放弃传统意识,完全洗心革面,重新做起。

但那差不多等于说，要把诗做得不像诗了。也对。说得更确切点，不像诗，而像小说戏剧，至少让它多像点小说戏剧，少像点诗。太多"诗"的诗，和所谓"纯诗"者，将来恐怕只能以一种类似解嘲与抱歉的姿态，为极少数人存在着。在一个小说戏剧的时代，诗得尽量采取小说戏剧的态度，利用小说戏剧的技巧，才能获得广大的读众。这样做法并不是不可能的。在历史上多少人已经做过，只是不大彻底罢了。新诗所用的语言更是向小说戏剧跨近了一大步，这是新诗之所以为"新"的第一个也是最主要的理由。其他在态度上，在技术上的种种进一步的试验，也正在进行着。请放心，历史上常常有人把诗写得不像诗，如阮籍、陈子昂、孟郊，如华兹华斯（Wordsworth），惠特曼（Whitmen），而转瞬间便是最真实的诗了。诗这东西的长处就在它有无限度的弹性，变得出无穷的花样，装得进无限的内容。只有固执与狭隘才是诗的致命伤，纵没有时代的威胁，它也难立足。

每一时代有一时代的主潮，小的波澜总得跟着主潮的方向推进，跟不上的只好留在港汊里干死完事。战国秦汉时代的主潮是散文。一部分诗服从了时代的意志，散文化了，便成就了《楚辞》和初期的《汉赋》，成就了《铙歌》，这些都是那时代的光荣。另一部分诗，如《郊祀歌》《安世房中歌》、韦孟《讽谏诗》之类，跟不上潮流，便成了港汊中的泥淖。

明代的主潮是小说，《先妣事略》《寒花葬志》和《项脊轩记》的作者归有光，采取了小说的以寻常人物的日常生活为描写对象的态度和刻画景物的技巧，总算是黏上了点时代潮流的边儿（他自己以为是读《史记》读来了的，那是自欺欺人的话），所以是散文家中欧公以来唯一顶天立地的人物。其他同时代的散文家，依照各人小说化的程度的比例，也多多少少有些成就，至于那般诗人们只忙于复古，没有理会时代，无疑那将被未来的时代忘掉。以上两个历史的教训，是值得我们的新诗人书绅的。

　　四个文化同时出发，三个文化都转了手，有的转给近亲，有的转给外人，主人自己却都没落了，那许是因为他们都只勇于"予"而怯于"受"。中国是勇于"予"而不太怯于"受"的，所以还是自己的文化的主人，然而也只仅免于没落的劫运而已。为文化的主人自己打算，"取"不比"予"还重要吗？所以仅仅不怯于"受"是不够的，要真正勇于"受"。让我们的文学更彻底地向小说戏剧发展，等于说要我们死心塌地走人家的路。这是一个"受"的勇气的测验，也是我们能否继续自己文化的主人的测验。

　　过去记录里有未来的风色。历史已给我们指示了方向——"受"的方向，如今要的只是勇气，更多的勇气啊！